국어 교과서 여행

중2 수필

| 일러두기 |

- 본문은 작품이 수록된 단행본을 원본으로 삼았으며, 맞춤법과 띄어쓰기는 국립국어원의 현행 표기법을 따랐습니다.
- 원문의 주석은 '원주'로 표기했으며, 따로 구별하지 않은 주석은 모두 편집자주입니다.

중2 수필

국어 교과서 여행

한송이 엮음

스푼북

'사람다움'과 '사람살이'

초등학교 때 쓴 일기, 친구랑 주고받은 쪽지, 생일이나 크리스마스 때 받았던 손글씨 카드……. 이런 것들을 오랜만에 읽으면 어떤가요? "맞아! 이때 이런 일이 있었지." 하면서 그날의 감정, 사건, 기억을 다시 떠올리지요. 일상의 기억은 소소하지만 소중합니다. 일상의 소중함을 바탕으로 '사람살이'를 이야기하는 문학 갈래가 바로 수필입니다.

수필은 글쓴이가 살면서 경험한 일, 깨달은 바, 알게 된 것 등을 가감 없이 써 내려간 글을 말합니다. 소설과의 큰 차이점이기도 하죠. 소설이 일어날 법한 이야기를 만들어 낸 '허구'라면, 수필은 실제 있었던 이야기를 기록한 '진짜'라고 할 수 있어요. 그래서 수필은 비교적 쉽게 다가갈 수 있습니다. 아주 낯선 사건들보다는 우리 생활 속 장면들이 더 많기 때문이지요.

과유불급過猶不及. 어느 한쪽만 차고 넘치는 것은 좋지 않습니다. 이성적이기만 한 사람은 공감 능력이 부족하지요. 감성적이기만 한 사람은 사실을 객관적으로 보려고 하지 않아요. 이성과 감성의 조화가 '사람다움'을 만들어 냅니다. 이성의 눈으로 현상을 관찰하고, 감성의 마음으로 다가가는 연습을 해 보면 좋을 것 같아요. 이 책에 실린 글들은 감성을 돋우고 이성을 자극하며 여러분의 사람다움을 만드는 중요한 자양분이 되어 줄 것이라고 생각합니다.

'사람다움'은 우리 생활 가장 가까운 곳에서 시작됩니다. 일상에 대한 관심과 각자의 삶을 바라보는 다양한 시선들을 이해하는 것으로부터 말이죠. "책은 가장 조용하고 변함없는 벗이다. 책은 가장 쉽게 다가갈 수 있고 가장 현명한 상담자이자, 가장 인내심 있는 교사이다."라는 말이 있어요. 《국어 교과서 여행: 중2 수필》은 여러분의 벗이 되고 싶습니다. 조용하고 친절한 이 친구와 함께 책 속에 담긴 일상을 도란도란 이야기해 보면 좋을 것 같습니다. 이 대화는 분명 여러분이 '사람살이'에 대한 답을 찾도록 도와줄 겁니다.

검단고 한송이 선생님

추천의 글

수필의 글쓴이는 생활 경험을 다룬 가벼운 이야기를 통해 읽는 이에게 재미를 주기도 하고 때론 어떠한 사건에 대해 진지한 태도로 비평하며 묵직한 이야기를 전하기도 합니다. 그래서 다양한 수필을 읽는다는 것은 세상을 바라보는 더 넓은 시야를 가질 수 있는 방법이 되기도 합니다. 책의 제목처럼 '여행'을 떠나듯 부담 없이 책에 실린 작품을 천천히 읽어 보고, 글쓴이는 어떤 사람인지 작가 소개도 살펴보길 권합니다. 그러다 보면 어느새 우리가 살아가는 세상에서 한 번쯤 고민해 봐야 할 문제들을 알게 되기도 하고, 글쓴이만의 독특한 시선에 비추인 다양한 세상의 얼굴과 마주하기도 하며, 가치 있는 삶의 방식을 생각해 보게 될 것입니다. 좋은 문학 작품은 사람들의 마음을 두드리고 생각의 문을 열어 삶을 더 나은 방향으로 이끌어 줍니다. 이 책이 학생들의 국어 학습 실력 향상은 물론 생각하는 힘을 키워 긍정적인 방향으로 성장하는 데에 도움을 줄 수 있으리라 생각합니다. 그리고 수필이라는 매력 있는 장르에 한 걸음 더 다가가는 계기가 되길 바랍니다.

퇴계원고 박주연 선생님

추천의 글

세상을 균형 잡힌 시각으로 바라보고 자신을 바로 보기 위해서는 다양한 사람들이 세상을 바라보는 시각을 엿보고, 그에 대한 자신의 생각을 정립하는 것이 필요합니다. 이를 위한 가장 쉬운 방법 중 하나가 바로 수필을 읽는 것입니다. 수필은 형식과 소재의 제약 없이 글쓴이의 생각을 자유롭게 표현한 글입니다. 세상의 모든 것을 소재로 삼고 형식이 자유로워 누구나 쉽게 쓸 수 있기에 우리의 삶과 가장 밀접한 문학이라 볼 수 있지요. 가장 친숙하게, 가장 쉽게 접할 수 있는 이 문학 갈래를 통해 우리는 세상을 열린 시각으로 바라볼 수 있는 힘을 기르고 나를 이해하기 위한 여행을 시작할 수 있습니다. 이 책은 국어 교과서에 수록된 수필을 '감성'과 '이성'이라는 주제로 나누어 엮은 책입니다. 1부는 인간이 지녀야 할 삶의 가치에 대한 글쓴이의 생각이 담겨 있어 우리가 가져야 할 삶의 자세에 대해 생각하게 해 줄 것입니다. 2부는 여러 분야에 대한 글쓴이의 다양한 시각이 담겨 있어 세상을 균형 있게 바라보는 시야를 길러 줄 것입니다. 이 책에 담긴 양질의 수필을 통해 세상에 대한 시각도 넓히고, 삶에서 지녀야 할 가치도 생각하며 한층 성장해 나가길 바랍니다.

광명고 박한미 선생님

1부 ✦ 감성을 돋우는 글

2부 ✦ 이성을 자극하는 글

"여행을 떠나듯 부담 없이 작품을 천천히 읽다 보면
어느새 우리가 살아가는 세상에서
한 번쯤 고민해 봐야 할 문제들을 알게 되기도 하고,
글쓴이만의 독특한 시선에 비춰진
다양한 세상의 얼굴과 마주하기도 하며,
가치 있는 삶의 방식을 생각해 보게 될 것입니다."

_'추천의 글' 중에서

1부

✧

감성을 돋우는 글

나는 책만 보는 바보

안소영

햇살과 책과 나

'해님은 지금 어디쯤 와 있을까?'

아마 내가 예닐곱 살쯤 되었을 때일 것이다. 나는 마당에서 동무들과 어울려 흙장난을 하다가도, 방 안이 몹시 궁금하였다. 살며시 문고리를 잡고 열어 보았다. 해님이 방 안으로 들어온 지 얼마 되지 않은 것 같다. 아직은 아니다. 좀 더 기다려야만 한다.

문을 도로 닫고 나온 나는 동무들 속에 다시 어울렸다. 그러다가도 조바심이 나서 마당과 방을 몇 번이나 왔다 갔다 했는지 모른다.

'이제는 제자리에 오지 않았을까?'

또다시 방문을 열어 보았다. 아, 해님은 거기, 내가 벽에 그어 놓은 첫 번째 금 위로 마악 들어가고 있었다. 마음이 바빠진 나는 얼른 옷에 묻은 흙을 털고 대충 손을 씻은 다음 방으로 들어갔다. 무어라 나를 부르는 동무들의 볼멘소리가 희미하게 들려왔지만, 책 속에 빠져든 내 귀에는 오래 남지 않았다.

내가 읽은 책 속의 옛 어른들은 날마다 시간을 정해 두고 책 읽기에 힘써야 한다고 하셨다. 그러나 아직 어려 시각을 익히는 일이 서툴렀기에, 나는 어떻게 시간을 정해야 할지 몰랐다. 궁리 끝에 벽에 금을 그어 해가 지나간 자리를 표시해 두기로 했다. 내 나름대로 만들어 본 해시계였던 셈이다.

첫 번째 금에 햇살이 닿으면 방에 들어와, 가장 환한 곳에 책상을 가져다 놓고 책을 읽기 시작했다. 그러면 햇살은 천천히 내 뺨을 지나고 목덜미를 지나 책장을 넘기는 손등까지 부드럽게 어루만져 주었다. 마음에 와닿는 책 속의 글귀도 따스하고 얼굴에 와 닿는 햇살도 따스했다. 두 번째 금까지 햇살이 옮겨 가는 데는 아마 네 시간쯤 걸렸을 것이다.

햇살은 내 눈을 환하게 해 주고 몸을 덥혀 준 것만이 아니었다. 햇살을 받아 환해진 책장을 가만히 들여다보고 있노라면, 누런 종이 위에 놓인 검은 바둑알 같은 글씨들이 스멀스멀 일어나는 것만 같았다. 그럴 때면 책장의 보풀조차 한 올 한 올 일어서 눈부신 햇살 조각이 되었다.

햇살처럼 환하게 일렁이는 글씨들은, 어느 순간부터 사람의 모습이 되고 낯선 곳의 풍경도 되었다. 때로는 나에게 말을 걸어오기도 했다. 나도 마음속으로, 혹은 소리 내어 함께 이야기를 나누었다.

흐린 날에도, 등잔불이 희미한 저녁에도, 나는 그 햇살을 책 속에서 볼 수 있었다. 새로운 책을 대할 때마다 또 어떠한 햇살이 들어 있어 나에게 말을 건네고 마음을 따스하게 해 줄지, 궁금하기도 하고 설레기도 하였다.

나는 책만 보는 바보

햇살과 함께하는 감미로운 책 읽기는, 어린 시절뿐만 아니라 그 뒤에도 계속되었다. 스무 살 무렵, 내가 살던 집은 몹시 작고 내가 쓰던 방은 더욱 작았다. 그래도 동쪽, 남쪽, 서쪽으로 창이 나 있어 오래도록 넉넉하게 해가 들었다. 어려운 살림에 등잔 기름 걱정을 덜해도 되니 다행스럽기도 했다.

나는 온종일 그 방 안에서 아침, 점심, 저녁으로 상을 옮겨 가며 책을 보았다. 동쪽 창으로 들어온 햇살이 어느새 고개를 돌려 벽을 향하면 펼쳐 놓은 책장에는 설핏 어두운 그림자가 드리워졌다. 그것도 알아채지 못하고 책 속에 빠져 있다가, 갑자기 깨닫게 되면 얼른 남쪽 창가로 책상을 옮겨 놓았다. 그러면 다시 얼굴 가득 햇살을 담은 책이 나를 보고 환하게 웃어 주었다. 날이 저물어 갈 때면, 해님도 아쉬운지 서쪽 창가에서 오래오래 햇살을 길게 비껴 주었다.

햇살이 환한 방 안에 가만히 앉아 책을 들여다보고 있노라면, 신기하기도 했다. 책상 위에 놓인 낡은 책 한 권이 이 세상에서 차지하는 공간은 얼마 되지 않을 것이다. 가로 한 뼘 남짓, 세로 두 뼘가량, 두께는 엄지손가락의 절반쯤이나 될까. 그러나 일단 책을 펼치고 보면, 그 속에 담긴 세상은 끝도 없이 넓고 아득했다. 넘실넘실 바다를 건너고 굽이굽이 산맥을 넘는 기분이었다.

책과 책을 펼쳐 든 내가, 이 세상에서 차지하는 공간은 얼마쯤 될까. 기껏해야 내 앉은키를 넘지 못할 것이다. 그러나 책과 내 마음이 오가고 있는 공간은, 온 우주를 다 담고 있다 할 만큼 드넓고도 신비로웠다. 번쩍번쩍 섬광이 비치고 때로는 우르르 천둥소리가 들리는 듯하였다.

하고한 날 좁은 방 안에 들어박혀 있는 것처럼 보이지만, 이처럼 날마다 책 속을 누비고 다니느라 나는 정신없이 바빴다. 때론 가슴 벅차기도 하고, 때론 숨 가쁘기도 하고, 때론 실제로 돌아다닌 것처럼 다리가 뻐근하기도 했다.

못 보던 책을 처음 보기라도 하면 하루 종일 얼굴에서는 웃음이 떠나지 않았다. "이덕무의 눈을 거치지 않고서야, 어찌 책이 책 구실을 하겠느냐."라며 귀한 책을 구해 자신이 보기 앞서 내게 먼저 보내오는 사람도 있었다. 그럴 때는 밥을 먹지 않아도 배가 부르고 책 표지만 바라보아도 저절로 웃음이 나왔다. 좀처럼 웃을 일이 없는 생활인지라, 처음에는 이상하게 생각하던 집안 식구들도 나중에는 으레 귀한 책을 얻어서 그러려니 생각하였다.

누가 일러 주고 깨우쳐 주는 사람도 없이 혼자 책을 읽었기에, 막히는 구절이 나오면 답답한 마음을 견딜 수 없었다. 얼굴은 먹빛처럼 어두워지고 앓는 사람처럼 끙끙대는 신음 소리가 저절로 나왔다.

그러다 갑자기 뜻을 깨치기라도 하면, 나는 벌떡 일어나 미친 사람처럼 크게 고함질렀다. 방 안을 왔다 갔다 하면서, 깨친 내용을 몇 번이고 웅얼거렸다. 눈앞에 누가 있는 양 큰 소리로 일러 주며 웃기도 했다. 처음에는 놀라던 집안 식구들도 나중에는 어이없어 하며 웃었다.

온종일 방에 들어앉아, 혼자 실없이 웃거나 끙끙대고 외마디 소리를 지르기도 하며 책만 들여다보는 날도 많았다. 사람들은 이런 나를 보고 '간서치看書痴'라고 놀렸다. 어딘가 모자라는, 책만 보는 바보라는 말이다. 나는 그 소리가 싫지 않았다.

가난한 날, 나만의 독서법

하루를 아침, 점심, 저녁으로 나누는 것은 시각을 짐작하게 해 주지만, 밥때를 뜻하기도 한다. 그러나 우리 집에서 세끼 밥을 꼬박꼬박 챙겨 먹는다는 것은 꿈도 꿀 수 없었다. 흉년이 아니더라도 그랬다. 두 끼는커녕 한 끼만 제대로 먹어도 다행이었다. 그래서인지 어느 정도 형편이 나아진 지금도, 끼니를 거르지 않고 챙겨 먹으면 오히려 속이 더부룩해져 불편하다.

내가 젊은 시절에는 유난히 큰 흉년이 잦았다. 오랜 가뭄으로 고생을 하고 나면 그다음 해에는 큰물이 나 농작물을 휩쓸어 가 버리고, 그 자리에는 어김없이 돌림병이 찾아들었다. 가뭄과 큰물이 번갈아 온 어느 해였다.

멀건 나물죽 한 그릇도 먹지 못한 채, 해가 뉘엿하도록 온 식구가 굶고 있었다.

꼬르륵 꼬륵 꼬르르륵 꼬르르르.

아침나절만 하더라도 배 속 창자의 기세는 맹렬했다. 어딘가 달라붙어 있을지도 모를 한 톨의 곡식까지 찾아내려는 듯 창자는 요동치고 있었다. 그러나 아무리 발버둥 쳐 봐도 소용없는 일이라는 것을 깨달았는지, 제풀에 지쳐 수그러든 지도 오래였다. 식구들도 저마다 방 안에서 기운 없이 축 늘어져 있을 터였다. 나는 숨소리조차 들려오지 않는 방문을 바라보며 무능한 가장이 되어 버린 자신의 처지를 새삼 서글퍼 하고 있었다.

부질없는 생각들을 떨쳐 버리려 고개를 크게 저었다. 그러고 나서 소리 내어 책을 읽기 시작했다. 한동안 그렇게 책에 빠져들어 있는데, 문득 내 목소리가 무척 맑고 낭랑하게 다가오는 느낌이 들었다. 굶주려 비어 있는 나의 몸이, 소리를 내는 울림통이 되어 그런가 보았다.

가만 생각해 보니, 배고플 때뿐만이 아니었다. 추위에 떨 때, 근심 걱정에 시달려 마음이 복잡할 때, 아플 때도 책을 읽으면 그 모든 괴로움이 덜어지는 듯했다. 그럴 때마다 문득 느꼈던 책 읽기의 이로움을 나는 이렇게 써 두었다.

첫째, 굶주린 때에 책을 읽으면, 소리가 훨씬 낭랑해져서 글귀가 잘 다가오고 배고픔도 느끼지 못한다.

둘째, 날씨가 추울 때 책을 읽으면, 그 소리의 기운이 스며들어 떨리는 몸이 진정되고 추위를 잊을 수 있다.

셋째, 근심 걱정으로 마음이 괴로울 때 책을 읽으면, 눈과 마음이 책에 집중하면서 천만 가지 근심이 모두 사라진다.

넷째, 기침병을 앓을 때 책을 읽으면, 그 소리가 목구멍의 걸림돌을 시원하게 뚫어 괴로운 기침이 갑자기 사라져 버린다.

굶주림

나에게는 밥을 먹는 것보다도 굶주리는 것이 더 자연스러웠다. 내 몸에는 임금님과 성이 같은 왕실의 피가 흐르고 있다. 그러나 온전히 인정받지 못하는 서자의 집안, 반쪽의 핏줄이다. 본가本家의 적자嫡子•가 아니니 물려받을 재산도 없고, 벼슬길에 나아가지 못하니 살림을 꾸려 갈 녹봉도 받지 못했다. 그렇다고 시장에 나가 좌판을 벌여 놓고 장사를 할 수도 없었다. 온전한 양반들만의 세계에 끼워 주지도 않으면서, 또 다른 반쪽의 핏줄이 이끄는 대로 살아가는 것도 비웃으며 허락하지 않았다.

글을 읽어 깨친 뜻을 펼쳐 보지도 못하고, 그렇다고 땀 흘려 일하지도 못하고, 그저 별 도리 없이 가난을 대물림할 수밖에 없는 생활이었다. 음식을 담아 본 지 오래인 그릇은 이가 빠지고, 소반은 저절로 닳아 살림은 누추하기 짝이 없었다. 그 가운데 나는 애써 소리 내어 책을 읽고 또 읽었다.

• 【원주】 적자 본부인이 낳은 아들.

추위

가난은 겨울에 더 비참한 법이다. 너그러웠던 산천도 먹을 것을 내놓는 데 인색해지고, 기름기 없는 창자는 칼바람을 견뎌 내기가 더욱 힘들어진다. 열 손가락은 추위에 모두 얼어 터져 오래된 두꺼비 가죽처럼 억세어만 갔다. 낮에는 그 손을 소매 속에 넣고 밤에는 이불 속에 넣어 부딪치지 않게 하면서 가려움을 참느라 애썼다. 때로는 감각 없는 손의 상태가 궁금해, 구부리기도 하고 펴 보기도 하면서 무사한지 확인하였다. 그럴 때마다 나는 애써 소리 내어 책을 읽고 또 읽었다.

근심 걱정

어디 한둘이겠는가. 아이들의 누렇게 뜬 얼굴도 가슴을 에었다. 옛 성현들의 말씀을 아무리 읽고 또 읽어도, 그 뜻을 깊이 새기고 또 새겨도, 가슴속에 품은 뜻을 세상에 펼쳐 볼 수 없는 처지가 한스러웠다. 나와 같은 서자에게도 허락된 자리가 있긴 하였다. 그러나 병이 끊이지 않으니 무인武人이 되기에는 아예 글렀고, 기술직으로 나아가기에는 학문에 품은 뜻이 너무 컸다.

하지만 식솔들이 더 늘어 가게 되면, 나도 무인의 참모가 되어 싸움의 꾀를 짜내며 변방으로 나돌아야 할지도 모르는 일이다. 생계가 막막한 서자들 대부분이 그랬던 것처럼. 무엇보다 한스러운 것은 내 처지를 자자손손子子孫孫 대대로 물려주어야 한다는 것이다. 아, 도무지 앞이 보이지 않았다. 나는 애써 소리 내어 책을 읽고 또 읽었다.

기침병

집은 제대로 불을 때지 못해, 온 식구가 추위에 시달리고 병들기 일쑤였다. 특히 밤새 기침에 시달리는 어머니와 어린 자식들을 보는 것은 크나큰 고통이었다. 끝내 세 살 난 딸아이를 먼저 보내야 했고, 그 이듬해에는 어머니마저 돌아가셨다. 나중엔 시집간 큰누이까지 이 병으로 잃었다.

나 또한 마찬가지였다. 어머니가 살아 계실 때는 행여 들으실세라 애써 참아 보았지만, 그럴수록 기침 소리는 더욱 요란하게 터져 나왔다. 한번 발작이 시작되면 목과 가슴이 쓰리도록 아프고, 온몸은 격렬하게 흔들려 나중에는 뱃가죽까지 아파 오는 것이 기침병이다. 눈비 오는 날에는 온 집 안에 습기가 배어들어 더욱 고통스러웠다. 그런 날이면 나는 애써 소리 내어 책을 읽고 또 읽었다.

어쩌면 책을 읽으며 얻는 이 네 가지 이로움은, 나만이 느끼는, 나에게만 쓸모 있는 이로움인지 모른다. 누가 그때의 나처럼 그렇게 굶주릴 때, 추울 때, 괴로울 때, 아플 때, 책을 읽으며 견디려 하겠는가. 그래도 누군가에게 위로가 되고 쓸모가 있을지 몰라 써 둔 것이다.

《한서》를 이불 삼고 《논어》를 병풍 삼아

책과 가까이 지내다 보면, 온기가 없는 무생물이 아니라 살아 있는 생명체를 대하는 듯한 느낌을 받을 때가 종종 있다. 오래전부터 물끄러미 나를 바라보고 있는 듯한 눈길을 느낀다든가, 제 몸을 벌떡 일으켜서 어려움에 처한 나를 돕고 싶어 하는 마음이 전해져 온다. 그럴 때면 책은 따스한 피가 흐르는, 살아 있는 벗이 된다.

유달리 추운 어느 해 겨울이었다. 습기가 밖으로 배어 나온 벽엔 얼음이 얼었고, 그 얼음벽은 그대로 거울이 되었다. 사방이 거울로 둘러싸여 있는 듯한 방에서, 눈만 퀭한 초라한 내 모습을 보노라면 묘한 기분이 들기도 했다. 방바닥은 울퉁불퉁 고르지 못해 물이 담긴 그릇을 놓기라도 하면 엎질러지기 일쑤였다. 엎어진 물은 이내 그 자리에서 얼어 방바닥도 미끄러운 거울이 되었다.

밤이 되면 방 안의 벌레들조차 추위를 피해 이불 속으로 기어들어 왔다. 입김은 공중으로 나가지도 못하고 곧장 성에가 되어 이불에 맺혔다. 얼어서 빳빳해진 이불깃에서는 부러질 듯 와삭와삭하는 소리가 났다. 그나마 얇은 종잇장 같은 이불조차도 넉넉하지 않아, 긴긴 겨울밤을 홑이불 한 장으로 추위와 싸우며 보내야 했다. 덜덜 떨리는 아래턱을 진정시키려 애쓰며 차가운 이불 아래에서 시를 몇 편이나 외우고 또 외웠는지 모른다.

그러나 도저히 더 이상 견딜 수가 없어, 다시 일어나 앉았다. 그때였다. 윗목에서 기척이 나는 듯했다. 차곡차곡 쌓아 둔 《한서漢書》 한 질이 할 말이 있다는 듯 나를 바라보았다. 책과 눈이 마주치는 순간, 퍼뜩 좋은 생각이 떠올랐다.

나는 책을 펼쳐 이불 위에 죽 늘어놓았다. 그러고는 늘어놓은 책들이 흐트러질세라, 조심스럽게 몸을 이불 속에 뉘었다.

두둑한 책의 무게가 얇은 홑이불을 눌러 체온이 바깥으로 빠져나가는 것을 막아 주었다. 따스했다. 두툼하게 솜을 넣은 비단 이불이 부럽지 않았다. 낡고 해져 초라한 나의 이불은 이제, 중국의 역사로 무늬를 넣은 멋진 이불이 된 셈이다. 이불깃은 더 이상 와삭거리지 않고, 간혹 위로 들린 깃마저 책들이 꼭꼭 여며 주었다. 그 손길이 무척 따스하고 편안해, 그날 밤 나는 모처럼 깊이 잠을 잘 수 있었다.

한번은 이런 일도 있었다.

갈라진 벽의 틈새로 사납고 매서운 바람이 불어 들어와, 방 안의 등불이 몹시 흔들렸다. 바람 앞의 등불이라더니, 꺼질 듯 꺼질 듯하는 다급한 몸부림이 몹시 위태로웠다. 마구 흔들리는 불빛 아래에서 책을 계속 읽을 수 없었다. 안타까이 등불을 바라보며 무슨 방법이 없을까 생각하고 있는데 방금 읽고 바닥에 내려놓은《논어論語》가 눈에 들어왔다. 마치 이런 말을 건네며 제 몸을 일으켜 내게 다가오는 것 같았다.

"내 몸으로 바람을 막아 보게!"

그 말을 알아들은 나는 책을 펼쳐 등촉 뒤에 세웠다. 과연 바람의 기세는 곧 수그러들고, 불빛도 흔들리기를 그쳤다.

맨몸으로 사나운 바람에 맞선 책이 미더워 보였다. 간혹 균형을 잃고 흔들릴 때도 있었지만, 곧 다시 추스르고 흔들리는 불빛을 다잡아 주었다. 그러면서 나에게 어서 마저 읽으라며, 다독여 주는 것이었다.

기분이 울적한 날이면 나는 조용히 앉아 《논어》를 읽곤 했다. 짤막하고 단정한 문장을 되풀이해 읽노라면, 어느덧 슬픔이 가시고 마음이 고요히 가라앉았다. 옛사람의 차분한 목소리가 내 마음을 다독여 주는 모양이었다. 그런데 이제 그 《논어》가, 제 온몸으로 등촉을 침범하는 바람을 막아 주고 있는 것이다. 옛사람의 따스한 마음이 책 바깥으로 스며 나온 것 같았다.

그때 생각을 하면 지금도 가슴이 따뜻해진다. 마치 따스하고 포근한 이불을 덮을 때처럼, 미덥고 든든한 벗이 함께 있을 때처럼. 그날 밤 나는 분명, 나를 위해 이불이 되어 준 《한서》의 몸놀림을 보았고, 제 몸으로 바람을 막아 보라는 《논어》의 목소리를 들었다.

맹자에게 밥을 얻고 좌 씨에게 술을 얻다

제 속을 모두 열어 보이고 온몸을 다해 나의 어려움을 덜어 준 책이었지만, 나는 몹쓸 짓을 하기도 했다. 벌써 오래전의 일이지만, 그 일을 생각할 때마다 부끄러워 고개를 들 수 없다.

거듭되는 흉년에 온 식구가 오래도록 굶주려 있을 때였다. 표정 없는 어른들의 얼굴도 그렇지만, 어린 동생과 아이들의 퀭한 눈망울은 더욱 애처로워서 차마 볼 수가 없었다. 어떻게 해서라도 아이들의 주린 속에 곡기를 넣어 주어야만 했다. 어떻게 해서라도.

그런 생각을 하며 나는 방 안에 앉아서, 일곱 권이나 되는 《맹자孟子》 한 질을 몇 번이고 쓰다듬었다. 처음 얻었을 때 천하를 다 얻은 것처럼 뿌듯하고 설레었던 기억이 생생하건만, 《맹자》와 나의 인연은 그리 길지 않은 것이던가, 아쉽기만 했다.

지금이야 서가라 해도 좋을 만큼 어느 정도 책들이 채워져 있지만, 그때만 해도 내가 가진 책은 얼마 되지 않았다. 가장으로서 식구들의 생계조차 제대로 꾸려 가지 못하는 내 처지로 책을 산다는 것은 극히 드문 일이었다. 물론 나 역시 귀한 책을 보면 갖고 싶고, 좋은 책을 보면 오래도록 내 곁에 가까이 두고 싶었다. 빌린 책이 아닌 나의 책에 마음대로 붉은 점으로 표시도 하고, 책 빈 곳에 생각나는 글귀를 마음껏 써 보고도 싶었다. 그러나 내게는 자주 허락되는 일이 아니었다.

아주 드물게, 어쩌다 여유가 생겨 책을 살 수 있게 되면, 몇 번이고 다시 살펴보았다. 두고두고 되풀이해 읽을 수 있는 책, 문장의 처음부터 끝까지 어느 하나 버릴 것이 없이 단정하고 아름다운 책이어야 했다. 그 무렵 내 방에 놓인 책들은, 모두 그렇게 고심한 끝에 고른 것들이었다. 그러니 내가 가진 책 한 권, 한 권에 대한 애틋함은 각별했다. 절대로 그 무엇과도 바꾸지 않으리라, 나는 감히 장담했다.

하지만 가난 앞에서는 그러한 확신도 맥없이 무너져 버렸다. 그나마 집 안에서 돈과 바꿀 수 있는 것이라고는《맹자》한 질밖에 없었다. 결국 나는 돈 이백 전錢에 그 책을 내주고, 양식을 얻었다.

아이들의 얼굴에는 다시 핏기가 돌았으나, 나의 속은 더욱 쓰리고 아프기만 하였다. 책을 팔아서 먹을 것을 얻다니, 어느 하늘 아래 나 같은 선비가 또 있을까. 고개를 들 수 없었다. 이렇게 하면서까지 살아야 하나, 나에게는 책 한 질도 허락될 수 없는 사치였던가. 마음이 몹시 어지럽고 서글펐다.

그렇게 마음이 우울하고 심란할 때면 벗들의 얼굴이 가장 먼저 떠올랐다. 발걸음이 어느새, 내 집에서 그리 멀지 않은 유득공柳得恭의 집으로 향하고 있었다. 늘 그렇듯 환하게 웃는 얼굴로 나를 맞이해 주는 벗을 보니, 나도 모르게 이런 말이 먼저 흘러나왔다.

"자네, 오늘 내가 누구에게 밥을 얻어먹은 줄 아는가?"

"……."

그는 어리둥절해하며 나를 쳐다보았다. 여느 때와 달리 얼굴이 붉게 달아오른 데다가, 공연히 허둥대는 목소리가 이상하기도 했을 것이다. 하긴 흉년에 얻어먹을 데가 어디 있으며, 준다고 해도 내가 얻어먹을 주변머리나 있는 사람이던가.

"글쎄, 맹자께서 양식을 잔뜩 갖다 주시더군. 그동안 내가 당신의 글을 수도 없이 읽어 주어 고마웠던 모양일세."

"아……."

가느다란 한숨 소리와 함께 유득공의 얼굴에는 안타까운 표정이 스쳐 지나갔다. 나의 방에 고이 모셔져 있던 《맹자》 한 질에 대해서는 그도 잘 알고 있었다. 책을 얻고 나서 아이처럼 들뜬 나는 벗들 앞에서 한껏 자랑을 했었다.

유득공은 얼른 서글픈 표정을 감추고, 이렇게 말했다.

"그래요? 그러면 나도 좌 씨에게 술이나 한잔 얻어먹어야겠습니다. 그래도 허물없을 만큼 그의 글을 꽤 읽었지요."

그러고는 책장에서 《좌씨춘추左氏春秋》를 뽑아, 아이를 시켜 술을 사 오게 하였다.

오래도록 비어 있던 창자였는지라 술기운이 빨리 올랐다. 불콰해진 얼굴로 주거니 받거니 하면서 우리는 술을 마셨다. 술기운인지 울먹임인지 속은 자꾸만 메스껍고 헛헛한 마음에 객쩍은 소리만 흘러나왔다.

"일 년 내내 맹 씨와 좌 씨의 책을 읽어 봐야 우리가 도대체 무엇을 구할 수 있겠는가? 제 식솔의 굶주림 하나 구제할 수 없는 것을."

"그렇지요. 당장에 팔아 한때의 굶주림을 면한 우리가 차라리 현명하지요. 맹자와 좌 씨도 잘했다고 할 것입니다."

그는 기꺼이 맞장구쳐 주었다. 얼굴을 마주 보며 껄껄 웃기는 했지만, 웃음 뒤의 쓸쓸한 뒤끝을 우리는 완전히 지우지는 못했다. 과연 그랬을까. 자신들의 오랜 사색의 결과물을, 양식과 바꾸어 배를 채운 우리의 행동을 맹자나 좌 씨는 잘했다고 할 것인가.

차마 놓아 보내지 못하고 몇 번이나 표지를 쓰다듬고 있는 나를 바라보던 책은, 분명 재촉하는 듯했다. 아이들의 얼굴을 제 몸 위에 겹쳐 떠오르게 하면서. 그렇다면 맹자나 좌 씨는 몰라도, 책은 그날의 행동을 나무라지 않을 것 같기도 했다. 함께 살면서 나의 생활을 들여다보아 너무도 잘 알고 있을 것이기에. 비겁한 위안일까.

나와 너불이 술잔을 기울이며 싱거운 이야기를 나누고 있는 벗이 새삼 고마웠다. 흉년이라 어렵긴 마찬가지였겠지만, 그는 나처럼 굳이 책을 팔아야 할 처지는 아니었을지 모른다. 맹자에게 밥을 얻어

먹었노라, 아무렇지도 않은 듯 떠벌리긴 했어도 내가 얼마나 서글프고 부끄러운 심정으로 찾아왔는지, 유득공은 잘 알고 있었을 것이다. 그랬기에 선뜻 자신의 책까지 내다 팔아 나와 아픔을 같이하고, 또 나의 부끄러움을 덜어 준 것이 아니겠는가. 그 역시 무척이나 책을 아끼는 사람이었으나, 나의 마음을 위로해 주는 것이 먼저였을 것이다. 이러한 벗들과 책이 있었기에, 나의 가난한 젊은 날은 그리 서럽거나 외롭지만은 않았다.

_《책만 보는 바보》(2013)

작가 소개

안소영···

1967년 대구에서 태어나 서울에서 자랐다. 서강대학교 문과대 철학과를 졸업한 뒤, 민족 분단으로 고통을 겪어 온 이들의 삶을 듣고 기록하였다. 글을 읽으며 활자 뒷면에 숨은 이야기를 상상해 보기 좋아하며 특히 역사 속에 묻힌 인물들에게 생생한 숨결을 불어넣는 데 관심이 많다. 지은 책으로는《우리가 함께 부르는 노래》《다산의 아버님께》《갑신년의 세 친구》 등이 있다.

노래를 만들고 부르는 사람

윤덕원

안녕하세요, 저는 밴드 '브로콜리 너마저'에서 노래를 만들고 부르는 윤덕원입니다. 무대에서 공연을 마치고 나면 가끔 팬들과 이야기 나눌 기회가 생기곤 합니다. 제가 만든 노래에 위로를 받았다, 노랫말이 가슴에 와닿았다는 관객들의 이야기를 들으면 뿌듯함을 느낍니다. 가끔 어떤 분들은 저에게 가사를 잘 쓰는 비결에 대해 물으시곤 하는데요, 이런 말씀을 들으면 조금 쑥스럽기도 하지만, 노래를 만드는 창작자의 입장에서 참 기쁘고 뿌듯합니다. 제가 음악을 만들고 가사를 쓰는 데 어쩌면 청소년기에 읽었던 책들이 도움이 됐던 것 같습니다.

저는 어린 시절에 유독 책을 좋아했습니다. 봤던 책을 보고, 또 보고. 친구네 놀러 가거나 어딘가에 갈 때면 종종 그곳에 있는 책을 보는 데 정신이 팔려 있곤 했습니다. 집에 있는 아버지 책들도 막 꺼내다 읽고……. 그때는 제가 책을 많이 읽어서 스스로 똑똑한 줄 알았습니다. 그런데 어느 날 그 환상을 깨 버린 일이 있었습니다.

고등학생 시절 교실 뒤에는 '학급 문고'라고 학생들이 자유롭게 책을 갖다 읽을 수 있도록 하는 작은 문고가 있었습니다. 어느 날 그곳에 있던 에리히 프롬의 《자유로부터의 도피》라는 책을 꺼냈는데 읽어도, 읽어도 도무지 무슨 이야기인지 이해할 수가 없었습니다. 그때는 '이건 이 책이 이상한 거다.'라고 생각해 버리고 말았는데, 대학에 가서 비로소 깨달았어요. '아, 내가 어려운 책을 잘 이해 못 하는구나.' 라고 말이죠. 많은 대학 교재들이 너무 어려워 잘 이해할 수가 없었습니다. 그렇게 한때는 점점 책과 거리가 멀어지게 되었습니다.

시간이 흘러 노래를 만들면서 가사도 쓰게 되었는데, 노래를 듣는 순간 바로 이해될 수 있도록 아주 쉬운 말로 쓰려고 노력했습니다. 그렇게 쓴 가사들을 좋게 들었다 말씀해 주시는 분들이 생기기도 하고, 저도 더 열심히 쓰려고 하다 보니까 문득 '쉬운 책과 쉬운 글에서 어쩌면 더 많은 것을 얻을 수도 있는데, 그동안 내가 괜히 내 능력보다 어려운 것들을 아는 척하려다 독서의 즐거움을 잊은 것은 아닌가.' 하는 생각이 들었습니다. 그래서 지금은 독서의 즐거움 그 자체를 느끼기 위해 제가 좋아하고 쉽게 읽을 수 있는 책들을 찾아 열심히 읽어 보려 하고 있습니다. 가끔은 참 어려운 책을 만나기도 하는데요. 그럴 때는 굳이 무리해서 읽지 않으려고 합니다. 꼭 그렇게 하지 않아도 세상엔 좋은 책들이 참 많으니까요.

청소년 여러분! 세상엔 좋은 책들이 많습니다. 독서를 통해 훌륭한 사람이 돼야지, 좋은 책을 많이 읽고 대학에 가서 부모님을 기쁘게 해 드려야지 하는 딱딱한 목표를 세우기보다 나를 즐겁게 하는 이야기가 있는 책, 나를 꿈꾸고 상상하게 하는 책, 쉬운 말들로 나를 위로하는 책들을 편하게 읽으면서 독서의 참 즐거움 자체를 충분히 느끼시길 권하고 싶습니다.

어린 시절 책 읽기의 즐거움이 결국 어떤 방식으로든 여러분의 삶을 풍성하게 만들 테니까요. 제가 이렇게 노래를 계속 만들 수 있는 것처럼요.

_ 국립어린이청소년도서관 누리집(2014년 8월 27일)

작가 소개

윤덕원···

서울대학교에서 언론정보학을 전공하고 군 제대 후 친구들과 함께 밴드 '브로콜리 너마저'를 결성해 2007년 미니 앨범 〈앵콜금지요청〉을 시작으로 본격적으로 활동을 시작했다. 브로콜리 너마저는 2008년 정규 앨범을 발표하며 2010년과 2011년에 한국대중음악상 모던록 부문 최우수상을 연달아 받았다. 또한 그는 2014년 솔로 앨범을 발표하고 라디오와 TV를 오가며 종횡무진 활약 중이다. 브로콜리 너마저는 2019년 5월 세 번째 정규 앨범 〈속물들〉을 발표해 많은 사랑을 받고 있으며, 감성이 묻어나는 모던록 노래로 청춘을 대변하는 대표 밴드로 손꼽힌다.

따뜻한 조약돌

이미애

6학년 땐가 몹시도 추웠던 겨울이었습니다.

점심시간이면 말없이 사라지는 아이가 있었습니다. 반 친구들로부터 이유 없이 따돌림을 받던 아이는 늘 그렇게 혼자 굶고 혼자 놀았습니다.

그러던 어느 날 그 아이가 다가와 쪽지 하나를 내밀었습니다.

- 은하야, 우리 집에 놀러 갈래?

그 애와 별로 친하지 않았던 나는 좀 얼떨떨했지만 모처럼의 제의를 차마 거절할 수가 없었습니다.

- 그래, 수업 끝나고 보자.

그날따라 날이 몹시 추웠습니다. 발가락이 탱탱하게 얼어붙고 온몸이 오그라드는 것 같았지만 한참을 가도 그 애는 다 왔다는 말을 하지 않았습니다.

'으으으 추워……. 도대체 어디까지 가는 거지?'

괜히 따라나섰다는 후회가 밀려오고 그냥 집으로 돌아가고 싶은 생각이 치밀기 시작할 때쯤 그 애가 멈춰 섰습니다.

"다 왔어, 저기야. 우리 집."

그 애의 손끝에는 바람은커녕 함박눈 무게조차 지탱하기 힘들어 보이는 오두막 한 채가 서 있었습니다.

퀴퀴한 방 안엔 아픈 어머니와 어린 동생들이 옹기종기 모여 있었습니다.

"아, 안녕하세요?"

"미안하구나. 내가 몸이 안 좋아 대접도 못하고……."

내가 마음을 풀고 동생들과 놀아 주고 있을 때 품팔이를 다닌다는 그 애 아버지가 돌아왔습니다.

"어이구, 우리 딸이 친구를 다 데려왔네."

그 애 아버지는 단 한 번도 친구를 데려온 적이 없는 딸의 첫 손님이라며 날 반갑게 대했고 동생들과도 금세 친해져 즐겁게 놀았습니다.

날이 저물 무렵 내가 그 애 집을 나설 때였습니다.

"갈게."

"또 놀러 올 거지?"

그때 나를 부르는 소리가 들렸습니다.

"얘야, 잠깐만 기다려라."

가려는 나를 잠시 붙잡아 놓고 부엌으로 들어간 그 애 아버지가 얼마 뒤 무언가를 손에 감싸 쥔 채 나왔습니다.

"저어……. 이거. 줄 게 이거밖에 없구나."

그 애 아버지가 장갑 낀 내 손에 꼭 쥐어 준 것, 그것은 불에 달궈 따뜻해진 돌멩이 두 개였습니다. 하지만 그 돌멩이 두 개보다 더 따뜻한 것은 그다음 내 귀에 들린 한마디 말이었습니다.

"집에 가는 동안은 따뜻할 게다. 잘 가거라."

"잘 가, 안녕."

"안녕히 계세요."

나는 세상 그 무엇보다 따뜻한 돌멩이 난로를 가슴에 품은 채 집으로 돌아왔습니다.

_《TV동화 행복한 세상 1》(2002)

작가 소개

이미애 • • •

1961년생으로 스물 푸르른 시절부터 오늘까지 방송국 언저리를 떠난 적이 없는 방송 작가이다. 〈한국의 미〉 〈일요스페셜: 성덕 바우만〉 〈사람과 사람들〉 등 다큐멘터리를 두루 집필했으며, 1998년 독립 프로덕션 '허브넷'을 설립, 〈VJ특공대〉 〈영화 그리고 팝콘〉 등 여러 장르의 프로그램을 제작 중이다.

맛있는 책, 일생의 보약

성석제

사방이 산으로 둘러싸인 곳에서 태어나 아침에 눈을 떠서 저녁에 감을 때까지 늘 산을 보아야 하는 곳에서 중학교 1학년까지를 보내고 2학년 봄, 서울의 남쪽 관악산이 올려다보이는 중학교로 전학을 했다. 담임 선생님은 미술 선생님이었는데 특별 활동 시간으로 산악반을 맡고 있기도 했다. 매주 화요일 6교시, 일주일에 단 한 시간 활동하는 그 '특별'한 '활동'은 내 취향과는 아무런 상관없이 시간 내내 산과 학교 사이를 뛰어 오가는 산악반으로 정해졌다.

3학년이 되면서 비로소 내가 좋아하는 특별 활동을 선택할 기회가 왔다. 나는 특별 활동 산악반의 경험에 비추어 되도록 몸을 많이 움직이지 않는 특별 활동반을 점찍었는데 그게 바로 도서반이었다. 도서반 담당 선생님은 특별 활동의 첫날 도서반이 할 일에 대해 아주 짧고 쉽게 설명해 주었다.

"여러분 곁에는 책이 있다. 그 책 중에서 자기 마음에 드는 책을 골라서 읽고 수업이 끝나는 종소리가 울리면 가면 된다."

그리고 선생님 본인이 마음에 드는 책을 골라서 자리를 잡고 읽는 것으로 시범을 보여 주었다. 나는 책을 고르러 가는 아이들의 뒤를 따라 가서 한자로 제목이 쓰여 있어서 아이들이 거의 손을 대지 않는 책 가운데 하나를 꺼내 들었다.

그 책은 '한국고전문학전집' 같은 묵직한 제목 아래 편집된 수십 권의 시리즈물 가운데 한 권이었다. 반드시 읽어야 한다는 것을 강조하는 고전 대부분이 그렇듯 책 표지는 사람의 손을 거의 거치지 않아서 깨끗했다. 지은이는 박지원, 내가 처음으로 펴 든 대목은 〈허생전〉이었다.

나이가 두 자리 숫자가 되면서 무협지에 빠지기 시작해서 전학 오기 전 국내 출간된 대부분의 무협지를 읽었다고 생각하고 있던 내게, 한문 문장을 번역한 예스러운 문체는 별 거부감이 없었다. 오히려 옆자리나 앞자리의 아이들이 읽고 있는 현대 소설이 가볍게 느껴질 정도였다. 내용 역시 익숙했다. 허생이라는 인물은 깊고 고요한 곳에 숨어 있으면서 실력을 쌓은 뒤에 일단 세상에 나갈 일이 생기자 한바탕 멋지게 세상을 뒤흔들어 놓고서는 다시 제자리로 돌아온다. 무협지에서 흔히 볼 수 있는 방식이었다.

〈허생전〉 다음에는 〈호질〉 〈양반전〉도 있었다. 책이 꽤 두꺼웠으니 박지원의 저작 가운데 상당 부분이 책에 들어 있었을 것이다. 그런데 그 책 속에 있는 주인공들은 내가 읽었던 수천 권의 무협지의 주인공과는 달라도 많이 달랐다. 무협지를 읽고 나면 주인공 이름 말고는 기억에 남는 게 없는데 박지원 소설은 주인공이 다음에 어떻게 되었을지 궁금해지고 내가 주인공이 되었더라면 어떻게 했을지 자꾸만 생각을 하게 만들었다. 한두 번 씹으면 단맛이 다 빠져 버리는 무협지와는 달리 그 책의 내용은 읽을수록 새로운 맛이 우러나왔다. 보석처럼 단단하고 품위 있는 문장은 아름답기까지 했다. 책을 읽으면서 내 정신세계가 무슨 보약을 먹은 듯이 한층 더 넓어지고 수준이 높아지는 듯한 느낌이 들었다. 일주일에 단 한 시간, 도서관에서 단 한 권의 책을 거듭 펴서 읽었을 뿐인데도.

중학교 3학년 1학기 특별 활동 시간에 나는 몇백 년 전 글을 쓴 사람의 숨결이 글을 다리로 하여 건너와 느껴지는 경험을 처음 해보았다. 무엇보다 중요한 것은 그것이 무척 재미있었다는 것이다. 읽으면 내 피와 살이 되는 고전, 맛있는 고전, 내가 재미를 들인 최초의 고전이 우리의 조상이 쓴 것이라는 데서 나오는 뿌듯함까지 맛볼 수 있었다.

3학년 2학기가 되었을 때 특별 활동 시간은 없어졌다. 내가 1학기의 특별 활동 시간에 읽은 것은 박지원의 책이 전부였다. 하지만 내가 지금 소설을 쓰고 있는 것은 바로 그 책 때문이라고 생각한다. 특별하지 않은 특별 활동 시간에 읽은 아주 특별한 그 책이 내 일생을 바꾸었다.

누구에게나 그런 일이 일어날 수 있다. 모르고 지나갈 수도 있다.

어떤 책을 계기로 인간의 지극한 정신문화, 그 높고 그윽한 세계에 닿고 그의 일원이 되는 것은 겪어 보지 못한 사람은 알 수 없는 행복을 안겨 준다. 이 세상에 인간으로 나서 인간으로 살면서 인간다운 삶을 살고 드높은 가치를 추구하는 길을 책이 보여 준다. 책은 지구상에서 인간이라는 종만이 알고 있는, 진정한 인간으로 나아가는 통로이다. 그래서 사람들은 말하는지도 모른다. 책 속에 길이 있다고.

_ 국립어린이청소년도서관 누리집(2010년 6월 7일)

성석제 • • •

1995년 〈문학동네〉에 단편 소설 〈내 인생의 마지막 4.5초〉를 발표하며 등단했다. 소설집 《그곳에는 어처구니들이 산다》《첫사랑》《호랑이를 봤다》《황만근은 이렇게 말했다》《번쩍하는 황홀한 순간》《참말로 좋은 날》《이 인간이 정말》《믜리도 괴리도 업시》《사랑하는, 너무도 사랑하는》, 장편 소설 《왕을 찾아서》《인간의 힘》《도망자 이치도》《위풍당당》《투명인간》《왕은 안녕하시다 1~2》, 산문집 《소풍》《성석제의 농담하는 카메라》《칼과 황홀》《꾸들꾸들 물고기 씨, 어딜 가시나》 등이 있다.

무소유

법정

“나는 가난한 탁발승이오. 내가 가진 거라고는 물레와 교도소에서 쓰던 밥그릇과 염소젖 한 깡통, 허름한 담요 여섯 장, 수건 그리고 대단치도 않은 평판, 이것뿐이오.”

마하트마 간디가 1931년 9월 런던에서 열린 제2차 원탁회의에 참석하기 위해 가던 도중 마르세유 세관원에게 소지품을 펼쳐 보이면서 한 말이다. K. 크리팔라니가 엮은 《간디 어록》을 읽다가 이 구절을 보고 나는 몹시 부끄러웠다. 내가 가진 것이 너무 많다고 생각되었기 때문이다. 적어도 지금의 내 분수로는 그렇다.

사실, 이 세상에 처음 태어날 때 나는 아무것도 갖고 오지 않았었다. 살 만큼 살다가 이 지상의 적籍에서 사라져 갈 때에도 빈손으로 갈 것이다. 그런데 살다 보니 이것저것 내 몫이 생기게 되었다. 물론 일상에 소용되는 물건들이라고 할 수도 있다. 그러나 없어서는 안 될 정도로 꼭 요긴한 것들만일까? 살펴볼수록 없어도 좋을 만한 것들이 적지 않다.

우리들이 필요에 의해서 물건을 갖게 되지만, 때로는 그 물건 때문에 적잖이 마음이 쓰이게 된다. 그러니까 무엇인가를 갖는다는 것은 다른 한편 무엇인가에 얽매인다는 뜻이다. 필요에 따라 가졌던 것이 도리어 우리를 부자유하게 얽어맨다고 할 때 주객이 전도되어 우리는 가짐을 당하게 된다. 그러므로 많이 갖고 있다는 것은 흔히 자랑거리로 되어 있지만, 그만큼 많이 얽혀 있다는 측면도 동시에 지니고 있다.

나는 지난해 여름까지 난초 두 분을 정성스레, 정말 정성을 다해 길렀었다. 3년 전 거처를 지금의 다래헌茶來軒으로 옮겨 왔을 때 어떤 스님이 우리 방으로 보내 준 것이다. 혼자 사는 거처라 살아 있는 생물이라고는 나하고 그 애들뿐이었다. 그 애들을 위해 관계 서적을 구해다 읽었고, 그 애들의 건강을 위해 하이포넥스인가 하는 비료를 구해 오기도 했었다. 여름철이면 서늘한 그늘을 찾아 자리를 옮겨 주어야 했고, 겨울에는 그 애들을 위해 실내 온도를 내리곤 했다.

이런 정성을 일찍이 부모에게 바쳤더라면 아마 효자 소리를 듣고도 남았을 것이다. 이렇듯 애지중지 가꾼 보람으로 이른 봄이면 은은한 향기와 함께 연둣빛 꽃을 피워 나를 설레게 했고, 잎은 초승달처럼 항시 청청했었다. 우리 다래헌을 찾아온 사람마다 싱싱한 난초를 보고 한결같이 좋아라 했다.

지난해 여름 장마가 갠 어느 날 봉선사로 운허노사耘虛老師를 뵈러 간 일이 있었다. 한낮이 되자 장마에 갇혔던 햇볕이 눈부시게 쏟아져 내리고 앞 개울물 소리에 어울려 숲속에서는 매미들이 있는 대로 목청을 돋우었다.

아차! 이때서야 문득 생각이 난 것이다. 난초를 뜰에 내놓은 채 온 것이다. 모처럼 보인 찬란한 햇볕이 돌연 원망스러워졌다. 뜨거운 햇볕에 늘어져 있을 난초 잎이 눈에 아른거려 더 지체할 수가 없었다. 허둥지둥 그 길로 돌아왔다. 아니나 다를까, 잎은 축 늘어져 있었다. 안타까워하며 샘물을 길어다 축여 주고 했더니 겨우 고개를 들었다. 하지만 어딘지 생생한 기운이 빠져나간 것 같았다.

나는 이때 온몸으로 그리고 마음속으로 절절히 느끼게 되었다. 집착이 괴로움인 것을. 그렇다, 나는 난초에게 너무 집념한 것이다. 이 집착에서 벗어나야겠다고 결심했다. 난을 가꾸면서는 산철•에도 나그네 길을 떠나지 못한 채 꼼짝을 못했다. 밖에 볼일이 있어 잠시 방을 비울 때면 환기가 되도록 들창문을 조금 열어 놓아야 했고, 분盆을 내놓은 채 나가다가 뒤미처•• 생각하고는 되돌아와 들여놓고 나간 적도 한두 번이 아니었다. 그것은 정말 지독한 집착이었다.

며칠 후, 난초처럼 말이 없는 친구가 놀러 왔기에 선뜻 그의 품에 분을 안겨 주었다. 비로소 나는 얽매임에서 벗어난 것이다. 날아갈 듯 홀가분한 해방감. 3년 가까이 함께 지낸 '유정有情'을 떠나보냈는

• 【원주】 산철 승가僧家의 유행기遊行期.

•• 뒤미처 그 뒤에 곧 잇따라.

데도 서운하고 허전함보다 홀가분한 마음이 앞섰다.

이때부터 나는 하루 한 가지씩 버려야겠다고 스스로 다짐을 했다. 난을 통해 무소유無所有의 의미 같은 걸 터득하게 됐다고나 할까.

인간의 역사는 어떻게 보면 소유사所有史처럼 느껴진다. 보다 많은 자기네 몫을 위해 끊임없이 싸우고 있다. 소유욕에는 한정도 없고 휴일도 없다. 그저 하나라도 더 많이 갖고자 하는 일념으로 출렁거리고 있다. 물건만으로는 성에 차질 않아 사람까지 소유하려 든다. 그 사람이 제 뜻대로 되지 않을 경우는 끔찍한 비극도 불사하면서. 제 정신도 갖지 못한 처지에 남을 가지려 하는 것이다.

소유욕은 이해와 정비례한다. 그것은 개인뿐 아니라 국가 간의 관계도 마찬가지다. 어제의 맹방•들이 오늘에는 맞서게 되는가 하면, 서로 으르렁대던 나라끼리 친선 사절을 교환하는 사례를 우리는 얼마든지 보고 있다. 그것은 오로지 소유에 바탕을 둔 이해관계 때문이다. 만약 인간의 역사가 소유사에서 무소유사로 그 방향을 바꾼다면 어떻게 될까. 아마 싸우는 일은 거의 없을 것이다. 주지 못해 싸운다는 말은 듣지 못했다.

간디는 또 이런 말도 하고 있다.

"내게는 소유가 범죄처럼 생각된다……."

그가 무엇인가를 갖는다면 같은 물건을 갖고자 하는 사람들이 똑같이 가질 수 있을 때 한한다는 것. 그러나 그것은 거의 불가능한 일이므로 자기 소유에 대해서 범죄처럼 자책하지 않을 수 없다는

• 맹방 동맹국.

것이다.

우리들의 소유 관념이 때로는 우리들의 눈을 멀게 한다. 그래서 자기의 분수까지도 돌볼 새 없이 들뜬다. 그러나 우리는 언젠가 한 번은 빈손으로 돌아갈 것이다. 내 이 육신마저 버리고 훌훌히 떠나갈 것이다. 하고많은 물량일지라도 우리를 어떻게 하지 못할 것이다.

크게 버리는 사람만이 크게 얻을 수 있다는 말이 있다. 물건으로 인해 마음을 상하고 있는 사람들에게는 한 번쯤 생각해 볼 말씀이다. 아무것도 갖지 않을 때 비로소 온 세상을 갖게 된다는 것은 무소유의 또 다른 의미이다. (1971)

_ 《무소유》(2010)

작가 소개

법정 • • •

1932년 전라남도 해남에서 태어났다. 전남대학교 상과대학에 다니던 중 출가를 결심하고 길을 나섰다. 1976년 출간한 수필집 《무소유》가 입소문을 타면서 스테디셀러로 자리 잡았고, 이후 펴낸 책들 대부분이 베스트셀러에 오르면서 수필가로서 명성이 널리 퍼졌다. 2010년 3월 11일, 길상사에서 78세(법랍• 54세)를 일기로 입적했다.

대표작으로 《무소유》《오두막 편지》《물소리 바람소리》《홀로 사는 즐거움》《살아 있는 것은 다 행복하라》 등이 있다.

• **법랍** 승려가 된 뒤로부터 치는 나이.

물건들

부희령

한밤중에 고속 도로 휴게실에 앉아 커피를 마시고 있었다. 바로 옆에는 인형 뽑는 기계가 놓여 있었다. 투명한 통 밑바닥에 인형들이 겹겹이 깔려 있고, 버튼을 눌러 조종하면 아래위 양옆으로 움직이는 갈고리가 매달려 있는 기계. 나는 좀 난데없다는 생각을 하며 인형들을 멍하니 바라보았다. 엎어져 있거나 널브러져 있는 노랑, 분홍, 파랑 봉제 인형들은 대체로 동그란 눈에 펑퍼짐한 코를 지녔다. 입은 대부분 달려 있지 않지만, 입이 있는 것들은 모두 입꼬리를 끌어 올린 채 영혼 없이도 행복한 미소를 짓고 있었다. 평일 밤늦은 시각이라 휴게실에는 사람이 거의 없었고, 특유의 시끄러운 음악 소리도 들리지 않았으며, 불이 꺼져 있는 구역도 있었다.

그때 소풍이라도 갔다 온 것처럼 들떠 보이는 두 사람이 나타났다. 부스럭거리며 지폐 한 장을 기계에 집어넣었다. 그들은 어느 인형을 뽑을 것인지 갈고리를 어느 방향으로 움직일 것인지 의논하면서, 깔깔거리기도 하고 짧은 탄성을 내지르기도 하면서, 한동안 기계에 매달려 있었다. 인형을 잡거나 떨어뜨릴 때마다 나도 마음을 졸이며 지켜보았다. 마침내 두 사람의 환호성과 함께 인형 하나가 출구로 굴러 나왔다. 커피를 다 마신 구경꾼도 자리에서 일어났다.

화장실에 들렀다가 주차장으로 걸어가는데 인형 기계 근처 탁자 위에 곰인지 토끼인지 혹은 고양이인지 알 수 없는 분홍색 물건이 놓여 있는 게 눈에 띄었다. 아까 기계에서 뽑혀 나온 인형이 틀림없었다. 왜 두고 갔을까? 화장실 가는 길에 웃음 섞인 말소리를 얼핏 들었던 것도 같다. 너무 못생겼어……. 짝퉁이잖아……. 그래도 함께 애쓰며 즐거워하던 시간의 흔적인데 설마 두고 갔을까. 혹시 잃어버린 건 아닐까? 손을 뻗어 인형을 만져 보려다 그만두었다. 가져갈 생각도 없는 사람의 손을 타 봤자 인형으로서는 두 번 버림받는 꼴이다. 걸어가다가 인형 뽑는 기계를 돌아보았다. 투명한 벽 너머 환한 불빛 아래 앉아 있고 고꾸라져 있는 인형들. 세상에는 물건들이 너무 많다.

그날 방문했던 집에서 본 물건이 떠올랐다. 집주인의 어머니가 쓰던 낡은 반닫이였는데, 장식이 거의 없고 나뭇결이 그대로 드러나 있는 소박한 물건이었다. 집주인은 자기가 어렸을 때 반닫이에 자꾸 낙서를 해서 어머니에게 꾸중을 듣곤 했는데, 낙서를 지운 흔적이 여전히 희미하게 남아 있어서 이따금 만져 보기도 하고 들여다보기도 한다고 했다. 그 말을 들으면서 잠시 어지러웠다. 먼 옛날 누군가가 어떤 물건에 남긴 흔적이, 그 속에 영혼처럼 스며든 이야기가, 겹겹이 쌓인 시간의 결이 해일처럼 내게 밀어닥쳤다. "저 속에는 우리 집에서 가장 소중한 것들만 넣어 두었지요. 어머니께 소중한 것, 나에게 소중한 것. 그런 것들만 저 속에 들어갈 자격이 있어요." 왜 아니겠는가. 물건에도 자격이라는 게 있을 것이다. 나는 고개를 끄덕였다.

사람과 사람 사이에 오고 가는 것이 사람과 다른 생물 사이에, 사람과 물건 사이에도 오고 가고 있다고, 나는 믿는다. 사람들뿐만 아니라 다른 생물과 물건 또한 나와 시간을 나누고 있으니까. 내 주위를 둘러싸고 있으면서 나를 세상 속에 있게 하는 것들이니까. 오래 사용했던 물건, 소중히 여겼던 물건이 낡고 망가져도 버리기 힘든 것은 그 속에 내가 스며 있기 때문이다. 한낱 물건이라고 해서 함부로 만들어서 소유하고, 함부로 내버릴 일이 아니다. 나를 품은 채 버려진 물건들이 어디로 가서 무엇이 될 것인지 생각해 본다면.

커다란 양팔 저울의 한쪽 끝에 내 삶을 올려놓고, 반대편에는 내 손을 거쳐 갔고, 거쳐 갈 물건들을 쌓아 놓는다고 상상해 본다. 아. 물건들이 너무 많다. 저울이 기울어 자꾸 미끄러지고 무너져 내린다. 쓰레기 더미 속에 묻혀 버린 균형을, 대칭을, 존중을 되찾고 싶다.

— 〈한국일보〉(2017년 2월 13일자)

작가 소개

부희령 • • •

서울에서 태어나 자랐고, 대학에서 심리학을 공부했다. 1989년부터 1990년까지 인도에 체류하면서 명상과 불교를 공부했다. 한국에 돌아와 경기도 가평에서 농사를 지으면서 살다가 2001년 〈경향신문〉 신춘문예에 단편 소설 〈어떤 갠 날〉이 당선되어 작품 활동을 시작했다. 이후로 소설을 쓰면서 영어로 된 책을 우리말로 옮기는 일을 하고 있고, 최근에는 신문에 정기적으로 칼럼을 쓰고 있다.

지은 책으로는 소설집 《꽂》, 청소년 소설 《고양이 소녀》가 있고, 《살아 있는 모든 것들》《새로운 엘리엇》《버리기 전에는 깨달을 수 없는 것들》《타자기가 들려주는 이야기》《아무것도 사라지지 않는다》 등 수십 권의 책을 우리말로 옮겼다.

보잘것없는 나무들이 아름다운 이유

우종영

가끔씩 까닭 없이 우울해질 때가 있다. 내가 하는 일이 의미가 없는 것처럼 느껴지고 결국에는 만사가 다 귀찮아진다. 그렇게 무기력한 기분이 들 때마다 나는 남대문 야시장엘 간다.

좌판을 벌여 놓고 구성진 목소리로 손님을 부르는 아저씨, 보따리를 등에 지고 사람들 사이를 요리조리 피해 지나가는 짐꾼, 나물 천 원어치 사면서 십 분 넘게 입씨름하는 아줌마…….

아무리 잡아당겨도 찢어지지 않는 질긴 고무장갑 같은 그들의 모습을 보고 있노라면 나도 모르게 막 신이 난다. 그리고 물고기처럼 파닥파닥 살아 숨 쉬는 그들에게서 살아갈 힘을 얻는다. 마치 갈증 나는 한여름에 시원한 탄산음료를 들이켠 기분이라고 할까.

삶의 갈증을 풀고 시장을 나서는 순간, 문득 내 머릿속을 스치는 나무 하나가 있다. 제주도 한라산에서만 자라는 '시로미'라는 작은 야생 나무다.

얼마 전 한라산에 오른 적이 있다. 훼손되지 않은 자연 상태의 나무들을 보고 싶어 일부러 사람들이 잘 다니지 않는 길을 택했다. 거기서 발견한 것이 시로미.

해발 천오백 미터 이상의 고지대에서만 자라는 시로미는 아직까지 제주도 이외의 지역에서 발견된 적이 없는 희귀한 나무다. 한 뼘 정도밖에 안 되는 키에 열매마저 작아 여간해선 눈에 잘 띄지 않는다.

하지만 그 작고 보잘것없는 나무의 위력은 대단하다.

시로미를 처음 발견했을 때, 마침 무척 목이 말랐다. 수통의 물도 다 떨어지고 입안이 바짝 마르던 차에 나는 시로미의 빨간 열매를 한 움큼 따서 입안에 털어 넣었다.

시큼털털한 첫맛에 얼굴이 찡그러졌지만 이내 단 기운이 가득히 퍼지면서 입안 구석구석을 적셨다. 콩알보다 작은 열매에 어떻게 그런 물기가 담겨 있는지, 그 작은 열매 한 줌 먹은 것이 꼭 약수 몇 사발을 들이켠 기분이었다. 그러고 나서 백록담에 오르는데 거짓말처럼 전혀 목이 마르지 않았다.

건조하고 메마른 한라산 그 고지대에서 시로미는 어떻게 그런 실한 열매를 맺을 수 있을까.

시로미처럼 보잘것없어 보이지만 제 존재 가치를 분명히 지니는 나무는 생각 외로 우리 주변에 많다.

공원이나 건물 가에서 흔히 볼 수 있는 키 작은 관목들만 봐도 그렇다. 숲이 생길 때 가장 중심부에서 그 틀을 잡아 주는 관목들은 어느 정도 숲이 완성되면 키 큰 나무들에게 자리를 내주고 '여가리', 즉 숲의 주변부로 밀려난다. 키가 큰 교목들 틈에선 살아날 수가 없기 때문이다.

그러나 여가리에 자리 잡은 관목들은 숲 주변부로 자기들을 밀어낸 교목들을 보호해 준다. 이 볼품없는 관목들이 외부의 자연적인 재해에 맞서며 숲 전체를 지켜 나가는 것이다. 이로 인해 숲은 보다 다양한 종이 어우러져 건강한 모습을 이뤄 간다.

어디 그뿐인가. 불모지가 된 땅을 다시 푸르게 만드는 것 역시 보잘것없는 작은 나무와 풀들이다. 아무런 생명도 없던 메마른 땅에 평상시에 외면만 당하던 풀들이 들어와 개척자 역할을 한다. 이들은 불모지에 가장 먼저 들어와 지반을 안정시키고 다른 나무들이 살아갈 윤택한 토양을 만들어 낸다. 흔히 잡풀 취급을 하는 쑥이나 억새, 고사리가 바로 이런 '개척 식물'들이다.

산불로 폐허가 된 땅의 첫 방문자 역시 마찬가지. 길이도 짧고 몸통도 얇아 기껏해야 울타리나 빗자루 정도로밖에 사용되지 못하는 싸리나무는 불난 자리를 녹화시키는 주역이다. 사람들에게 많이 알려져 있지만 그렇다고 결코 대접받는 축에 끼지 못하는 고사리 역시 싸리나무와 비슷하다. 거친 들에서 흔히 볼 수 있는 고사리는 타고난 그 씩씩함으로 잿더미 속에 가장 먼저 자리를 잡고 싹을 틔운다.

사람으로 치면 꼭 필요한 일이지만 모두 꺼리는 3D 업종 종사자라고 할까. 초석을 다진 후 다른 나무들이 하나둘 자리 잡으면 관목들이 그랬듯 조용히 자기 자리를 내준다. 이로 인해 예전의 그 불모지는 언제 그랬느냐는 듯 짙은 녹색 숲으로 복구된다.

그러나 안타깝게도 숲의 사회에서 그들에게 돌아오는 것은 많지 않다. 누군가 그 역할을 알아주는 것도 아니다. 그럼에도 불구하고 그들은 나무 세계에서 맡은 바 소임을 다 해낸다. 그저 묵묵하게.

하지만 그들은 알고 있다. 자신들이 비록 보잘것없지만 나무 세계에서 없어선 안 될 중요한 존재라는 사실을. 그런 그들을 통해 나는 이 세상에 소중하지 않은 삶은 없다는 진리를 새삼 깨닫곤 한다.

그래서일까. 나는 하늘 높이 위로만 자라면서 어떻게든 많은 햇볕을 받기 위해 혈안이 된 거대한 교목들보다 보잘것없는 나무들이 훨씬 더 값지고 아름답게 느껴진다.

'못생긴 나무가 산을 지킨다.'라는 말은 비단 나무 사회에서만 통용되는 말은 아닐 것이다. 세상 모든 것은 저마다 의미를 지니고 있다. 하루살이 같은 삶, 내일이 보이지 않는 삶이라 하더라도 분명 살아가는 이유가 있고, 가치가 있는 것이다. 그러므로 그 가치를 알고 묵묵히 제 역할을 해낼 때, 결국 그것이 자신을 지키고 세상을 지키는 길이 된다.

그 사실을 분명히 알고 있는 나무들은 자기 자리에서 행복을 찾는 방법을 너무도 잘 터득하고 있다. 남과 비교하여 스스로를 평가하고 자리매김하는 것이 아니라, 오로지 자기의 삶 하나만을 두고 거기에

만 충실한다. 그리고 그로 인해 생의 의미를 얻고 삶을 영위할 힘을 받는다.

그런 나무를 보며 나도 내 삶이 너무나도 소중하다는 걸 새삼 깨닫곤 한다. 비록 남들 보기엔 하찮고 평범한 삶일지라도 말이다.

앞으로도 나는 그 누구의 삶도 시샘하지 않으며, 남들이 내 삶에 대해 어떻게 생각하든 관여치 않으련다. 내가 스스로 가치 있다고 여기면 그것으로 족하지 않은가. 내 삶에 점수를 매길 수 있는 사람은 나 자신뿐이라는 것을 늘 기억하며 살아갈 것이다.

_《나는 나무처럼 살고 싶다》(2012)

작가 소개

우종영 • • •

1954년에 태어났다. 어릴 적 그의 꿈은 천문학자였으나 색약 판정을 받고 다니던 고등학교도 그만둔 채 정처 없이 방황했다. 그런 그를 붙잡아 준 것이 나무였다. 너무도 초라한 자신이 싫어 죽음을 꿈꾸었을 때 나무를 만나, 자신을 살린 나무를 위해 살기 시작했다. 그 후 나무 관리 회사 '푸른공간'을 설립해 '나무 의사'로 30년째 아픈 나무를 고치고 있다. 현재 여러 시민 단체에서 나무에 대한 강의를 하고 있다.

지은 책으로 《나는 나무처럼 살고 싶다》《게으른 산행》《풀코스 나무여행》《나무야, 나무야 왜 슬프니?》《나무 의사 큰손 할아버지》 등이 있다.

뷔페들 다녀오십니까

이기호

요즈음은 가족 모임이나 친구들의 모임 장소가 늘 뷔페식당이다. 결혼식장을 가도 한결같이 뷔페식이다(난, 정말이지 말간 잔치국수가 그립단 말이다). 이곳저곳 피라미드처럼 쌓아 올린 음식들은 먹음직스러워 보이고, 그 앞에 접시를 들고 서 있는 사람들의 얼굴은 만족스러워 보인다. 무언가 선택의 폭이 넓어진 것 같고, 그만큼 더 풍요로워진 느낌이다. 욕심껏 하나하나, 본전 생각에 마음 아리지 않도록 사람들은 최선을 다해 음식을 먹고 또 먹는다. 인터넷에서 찾아본 '호텔 뷔페 뽕뽑기 전략' 매뉴얼대로, 소프트한 것에서부터 무거운 것으로, 조금 더 신선한 것을 먹기 위해, 사람들은 줄지어 움직인다. 입맛에 맞지 않아 남겨진 음식들은 종업원에 의해 신속히 치워지고, 사람들은 다시 새 접시를 들고 화수분처럼 줄지 않는 음식들을 향해 걸어 나간다. 음식은 많되 영혼은 없고, 음식은 많되 맛은 언제나 평균적인 뷔페식당으로, 사람들은 오늘도 만족스러운 표정을 지으며 찾아간다. 먹어도 먹어도 채워지지 않는 허기에 잠시 고개를 갸우뚱하지만, 그것도 잠깐, 자신의 능력치 이상을 먹기 위해 애쓴다. 뷔페들 다녀오셨습니까? 잘하셨습니다. 이제 당신의 허기는 예전보다 갑절은 더 늘어났을 것입니다. 허기란 원래 상대적인 것이니까요.

_《독고다이》(2008)

작가 소개

이기호···

1972년 강원 원주 출생으로 1999년 〈현대문학〉 신인추천으로 등단했다. 소설집 《최순덕 성령충만기》《갈팡질팡하다가 내 이럴 줄 알았지》《김 박사는 누구인가?》《누구에게나 친절한 교회 오빠 강민호》, 장편 소설 《사과는 잘해요》《차남들의 세계사》 등이 있다. 2010년 이효석문학상, 2013년 김승옥문학상, 2014년 한국일보문학상, 2017년 황순원문학상, 2018년 동인문학상을 수상했다.

실수

나희덕

옛날 중국의 곽휘원廓暉遠이란 사람이 떨어져 살고 있는 아내에게 편지를 보냈는데, 그 편지를 받은 아내의 답시는 이러했다.

벽사창에 기대어 당신의 글월을 받으니
처음부터 끝까지 흰 종이뿐이옵니다.
아마도 당신께서 이 몸을 그리워하심이
차라이 말 아니하려는 뜻임을 전하고자 하신 듯하여이다.

이 답시를 받고 어리둥절해진 곽휘원이 그제야 주위를 둘러보니, 아내에게 쓴 의례적인 문안 편지는 책상 위에 그대로 있는 게 아닌가. 아마도 그 옆에 있던 흰 종이를 편지인 줄 알고 잘못 넣어 보낸 것인 듯했다. 백지로 된 편지를 전해 받은 아내는 처음엔 무슨 영문인가 싶었지만, 꿈보다 해몽이 좋다고 자신에 대한 그리움이 말로 다할 수 없음에 대한 고백으로 그 여백을 읽어 내었다. 남편의 실수가 오히려 아내에게 깊고 그윽한 기쁨을 안겨 준 것이다. 이렇게 실수는 때로 삶을 신선한 충격과 행복한 오해로 이끌곤 한다.

실수라면 나 역시 일가견이 있는 사람이다. 언젠가 비구니들이 사는 암자에서 하룻밤을 묵은 적이 있다. 다음 날 아침 부스스해진 머리를 정돈하려고 하는데, 빗이 마땅히 눈에 띄지 않았다. 원래 여행할 때 빗이나 화장품을 찬찬히 챙겨 가지고 다니는 성격이 아닌 데다 그날은 아예 가방조차 가지고 있지 않았다. 그러던 중에 마침 노스님 한 분이 나오시기에 나는 아무 생각도 없이 이렇게 여쭈었다.

"스님, 빗 좀 빌릴 수 있을까요?"

스님은 갑자기 당황한 얼굴로 나를 바라보셨다. 그제서야 파르라니 깎은 스님의 머리가 유난히 빛을 내며 내 눈에 들어왔다. 나는 거기가 비구니들만 사는 곳이라는 사실을 깜박 잊고 엉뚱한 주문을 한 것이었다. 본의 아니게 노스님을 놀린 것처럼 되어 버려서 어쩔 줄 모르고 서 있는 나에게, 스님은 웃으시면서 저쪽 구석에 가방이 하나 있을 텐데 그 속에 빗이 있을지 모른다고 하셨다.

방 한구석에 놓인 체크무늬 여행 가방을 찾아 막 열려고 하다 보니 그 가방 위에는 먼지가 소복하게 쌓여 있었다. 적어도 5, 6년은 손을 대지 않은 것처럼 보이는 그 가방은 아마도 누군가 산으로 들어오면서 챙겨 들고 온 속세의 짐이었음에 틀림없었다. 가방 속에는 과연 허름한 옷가지들과 빗이 한 개 들어 있었다.

나는 그 빗으로 머리를 빗으면서 자꾸만 웃음이 나오는 걸 참을 수가 없었다. 절에서 빗을 찾는 나의 엉뚱함도 우물가에서 숭늉 찾는 격이려니와, 빗이라는 말 한마디에 그토록 당황하고 어리둥절해하던 노스님의 표정이 자꾸 생각나서였다. 그러나 그 순간 나는 보았다. 시간을 거슬러 올라가 검은 머리칼이 있던, 빗을 썼던 그 까마득한 시절을 더듬고 있는 그분의 눈빛을, 20년 또는 30년, 마치 물길을 거슬러 올라가는 연어 떼처럼 참으로 오랜 시간이 그 눈빛 위로 스쳐 지나가는 듯했다.

그 순식간에 이루어진 회상의 끄트머리에는 그리움인지 무상함인지 모를 묘한 미소가 반짝하고 빛났다. 나의 실수 한마디가 산사의 생활에 익숙해져 있던 그분의 잠든 시간을 흔들어 깨운 셈이다. 그걸로 작은 보시는 한 셈이라고 오히려 스스로를 위로해 보기까지 했다.

이처럼 악의가 섞이지 않은 실수는 봐줄 만한 구석이 있다. 그래서인지 내가 번번이 저지르는 실수는 나를 곤경에 빠뜨리거나 어떤 관계를 불화로 이끌기보다는 의외의 수확이나 즐거움을 가져다줄 때가 많았다. 겉으로는 비교적 차분하고 꼼꼼해 보이는 인상이어서 나에게 긴장을 하던 상대방도 이내 나의 모자란 구석을 발견하고는 긴장을 푸는 때가 많았다.

또 실수로 인해 웃음을 터뜨리다 보면 어색한 분위기가 가시고 초면에 쉽게 마음을 트게 되기도 했다. 그렇다고 이런 효과 때문에 상습적으로 실수를 반복하는 것은 아니지만, 한번 어디에 정신을 집중하면 나머지 일에 대해서 거의 백지상태가 되는 버릇은 쉽사리 고쳐지지 않는다. 특히 풀리지 않는 글을 붙잡고 있거나 어떤 생각거리에 매달려 있는 동안 내가 생활에서 저지르는 사소한 실수들은 내 스스로도 어처구니가 없을 지경이다.

그러면 실수의 '어처구니없음'은 어디서 오는 것일까. 원래 어처구니란 엄청나게 큰 사람이나 큰 물건을 가리키는 뜻에서 비롯되었는데, 그것이 부정어와 함께 굳어지면서 어이없다는 뜻으로 쓰이게 되었다. 크다는 뜻 자체는 약화되고 그것이 크든 작든 우리가 가지고 있는 상상이나 상식을 벗어난 경우를 지칭하게 된 것이다. 그러니 상상에 빠지기 좋아하고 상식으로부터 자유로워지려는 사람에게 어처구니없는 실수가 그림자처럼 따라다니는 것은 아주 자연스러운 일이다.

결국 실수는 삶과 정신의 여백에 해당한다. 그 여백마저 없다면 이 각박한 세상에서 어떻게 숨을 돌리며 살 수 있겠는가. 그리고 발 빠르게 돌아가는 세상에 어떻게 휩쓸려 가지 않고 남아 있을 수 있겠는가. 어쩌면 사람을 키우는 것은 능력이 아니라 실수의 힘일지도 모른다.

그러나 날이 갈수록 실수가 용납되는 땅은 점점 좁아지고 있다.

사소한 실수조차 짜증과 비난의 대상이 되기가 십상이다. 남의 실수를 웃으면서 눈감아 주거나 그 실수가 나오는 내면의 풍경을 헤아려 주는 사람을 만나기도 어려워져 간다. 나 역시 스스로는 수많은 실수를 저지르고 살면서도 다른 사람의 실수에 대해서는 조급하게 굴거나 너그럽게 받아 주지 못한 때가 적지 않았던 것 같다.

도대체 정신을 어디에 두고 사느냐는 말을 들을 때면 그 말에 무안해져 눈물이 핑 돌기도 하지만, 내 속의 어처구니는 머리를 디밀고 이렇게 소리치는 것이다. 정신과 마음은 내려놓고 살아야 한다고. 어디로 가는 줄도 모르고 뛰어가는 자신을 하루에도 몇 번씩 세워 두고 '우두커니' 있는 시간, 그 '우두커니' 속에 사는 '어처구니'를 많이 만들어 내면서 살아야 한다고. 바로 그 실수가 곽휘원의 아내로 하여금 백지의 편지를 꽉 찬 그리움으로 읽어 내도록 했으며, 산사의 노스님으로 하여금 기억의 어둠 속에서 빗 하나를 건져 내도록 해 주었다고 말이다.

_《괜찮아, 네가 있으니까》(2009)

나희덕···

충남 논산에서 태어나 연세대학교 국어국문학과와 같은 대학원을 졸업했다. 1989년 〈중앙일보〉 신춘문예에 시 〈뿌리에게〉로 등단했다. 현재 서울과학기술대학교 문예창작학과 교수로 재직 중이다. 김수영문학상, 오늘의 젊은 예술가상, 현대문학상, 이산문학상, 소월시문학상, 임화예술문학상, 미당문학상 등을 받았다.

지은 책으로는 《뿌리에게》《그 말이 잎을 물들였다》《그곳이 멀지 않다》《어두워진다는 것》《사라진 손바닥》《반통의 물》《보랏빛은 어디에서 오는가》 등이 있다.

아끼다가 똥 될지라도

최은숙

"아끼다가 똥 된다."

이건 우리 아이가 유치원 다닐 때 배워 온 속담이다.

"왜 똥이 돼?"

"우리 선생님이 알려 주셨어. 옛날 옛날에 욕심 많은 여우가 있었는데 어느 날 산길을 가다가 금방 죽은 토끼 한 마리를 발견했어. 근데 지금 먹기엔 좀 아까운 거야. 다음 날 먹어야지 하고 아무도 없는 깊은 산골짜기로 들어가서 어떤 나무 밑에 토끼를 묻었어. 아무도 못 찾아내게 깊이 묻고 돌멩이로 살짝 표시를 해 놨어. 다음 날 저녁 식사로 토끼를 찾으러 가려다가 생각하니까 지금 먹기가 또 아까운 거야. 그래서 내일 먹어야지 하고 다른 걸 먹고 그냥 잤어. 그다음 날도 그다음 날도 그랬어. 그러다 한참이 지난 뒤 토끼가 먹고 싶어서 견딜 수가 없어진 여우가 산속으로 갔어. 이젠 먹어야지 하고. 근데 도저히 거기를 찾을 수가 없는 거야. 할 수 없이 집으로 돌아와 다른 걸 먹고 잤어. 다음 날 꼭 오늘은 찾아야지 하고 가서 간신히 간신히 찾았는데 토끼가 없네! 썩어서 흙이 된 거야. 그래서 못 먹고 그냥 돌아와서 굶고 잤어. 그게 아끼다 똥 된다야."

우린 배꼽을 쥐고 웃었다. 무엇인가를 너무 아끼거나, 남과 나누기를 싫어하고 혼자 욕심껏 그러잡거나, 쓰기를 미룬 나머지 쓸모가 없어지는 경우에 해당하는 속담일 텐데, 그러고 보니 옛날이야기 속에는 자반을 걸어 두고 냄새만으로 찬을 삼는 자린고비도 있고, 된장독에 앉았다 날아간 파리를 잡아 쪽쪽 빨아 먹는 구두쇠 이야기도 있었다.

그날 우리 식구들은 자기가 알고 있는 '아끼다 똥 된 이야기'를 하나씩 하느라고 시간 가는 줄 몰랐다.

중학교 때 내 친구 혜숙이 아버지는 쥐치포를 한 봉지 사다가 텔레비전 상자(예전엔 텔레비전이 다리 달린 상자 속에 들어 있었다)와 벽 틈에 감추어 두고 잊어버리셨다. 어느 날 혜숙이 아버지께서 쥐치포를 벽 틈에서 꺼냈는데 곰팡이가 파랗게 피어 있었다. 혜숙이와 나는 우물에 앉아 소금을 뿌려서 쥐포를 박박 씻었다. 아저씨는 물에 씻은 쥐치포를 기름에 튀겼다. 얼마나 맛있었는지 모른다.

중학교에 가려면 자전거를 배워야 했다. 6학년 때 자전거를 처음 샀는데 혜숙이와 나는 자전거에 중독되어 버렸다. 요즘 아이들이 게임에 빠지듯 우리는 자전거에 빠졌다. 아무리 타도 싫증이 나지 않았다. 담임 선생님께서 퇴근하시다 보면 우리가 자전거를 끌고 개울둑으로, 논두렁 사잇길로 휘달리는 모습을 날마다 보실 정도였다. 자전거 타는 법을 선생님이 가르쳐 주셨지만 걱정이 되셨나 보다. 자전거 그만 타고 공부하라고 나무라셨다. 그래도 우리는 줄기차게 탔다.

어느 일요일엔 필통과 공책을 산다는 핑계로 고개 너머 직행 버스가 서는 대평리까지 자전거를 타고 가는데 고개에서 당직하러 오시는 선생님을 만났다. 선생님도 자전거를 타고 출퇴근하셨는데 우리를 보고 놀라서 그걸 사러 그 먼 데까지 가느냐며 선생님이 내일 사다 줄 테니 같이 돌아가자고 하셨다. 하지만 우린 기어이 대평리엘 갔다. 빨간색 필통, 공책 한 권 그리고 껌 한 통과 환타 한 병이 우리가 산 물품이다. 껌 다섯 개를 다 빼고 빈 껌통에 환타를 따라 나눠 마시면서 한나절 내내 뙤약볕 뜨거운 줄도 모르고 자전거를 탔다.

자전거는 보물이었다. 밤새 비가 내려 다음 날 아침 비를 쫄딱 맞은 자전거를 보면 가슴이 철렁하고 괴로웠다. 자전거를 녹슬게 한다는 건 있을 수 없었다. 주황색, 연두색, 보라색, 세 가지의 색 볼펜을 처음 써 본 날도 잊을 수 없다. 미원과 경쟁하던 미풍 회사에서 홍보용으로 색 볼펜 세 개를 한 세트로 만들어 증정했는데 우리 반에서 그걸 가장 먼저 가진 게 혜숙이와 나다. 나는 그 색 펜이 엄청 신기하고 아까워서 그걸로 글씨도 못 쓰고 중요한 부분 표시할 때만, 그것도 밑줄 긋는 게 아니고 별만 조그맣게 그렸다. 친구들이 빌려 달라고 할 때도 별표에 한해서만 빌려줬다. 내가 도끼눈을 뜨고 감시했기 때문에 아무도 감히 밑줄을 못 쳤다. 그날들의 느낌과 색채가 아직 내 마음속에 있다. 어느 것도 풍족하게 가져 본 일이 없고 아낌없이 써 본 일이 없다. 그래서 조금씩 아껴 맛보았던 세상이 이렇게 오래 남는 선물이 되었다.

무엇이든지 조금은 부족해야 귀하다. 아침에 고구마를 스무 개쯤 쪄서 출근할 때 가지고 가면 우리 반 아이들은 사흘은 굶은 녀석들처럼 침을 삼킨다. 반씩 잘라서 나눠 줄 때 조금이라도 더 큰 걸 고르려고 난리를 피운다. 만약 한 바구니 넘치게 가져간다면 그러지 않을 것이다. 예쁜 엽서가 많이 생겨서 반 아이들에게 선물하고 싶을 때도 일부러 다섯 장만 들고 간다.

"딱 다섯 장밖에 없는데 필요한 사람?"

지금까지 그 엽서 없어도 아무렇지도 않았는데 녀석들은 엽서 한 장 가지려고 가위바위보까지 한다. 우리 아이들이 좀 더 가난했으면 좋겠다. 가진 게 너무 많아서, 똥이 될 만큼 아끼는 대상이 없다.

국어책 학습 활동에 '자기네 가족이 가장 아끼는 물건 세 가지 써 보기' 과제가 있었다. 식구들과 이야기해 보고 써 오라고 숙제로 냈다. 나도 내가 아끼는 것들을 메모해 보았다. 할머니가 쓰시던 칠보 비녀, 단하가 그려 준 나의 초상화, 장경희 선생님이 구워 주신 도자기 연필꽂이, 자은 씨가 선물해 준 꽹과리 채……. 우리 아이들이 적어 온 사연은 뭘까, 무척 궁금했다. 기대와는 달리 아이들은 대부분 빈칸을 채워 오지 못했다. 써 온 아이들도 간혹 있었지만 소파, 냉장고, 자동차 같은 것들이었다. 사소하지만 나만의 이야기가 담긴 물건이 없었다. 결핍이 없는 곳에는 풍요함도 자리할 수 없는가 보다.

교실을 청결하게 정돈할 때 기분이 참 좋다. 승식이가 신문지에 물 묻혀 거울을 깨끗이 닦을 때, 수호가 걸레를 몇 번씩 빨아 가며 친구들 책상을 닦아 줄 때, 법성이가 칠판을 파랗게 닦아 놓을 때 기쁘다. 나는 게시판에 예쁜 그림을 걸기도 하고 창가에 화분을 바꿔 놓기도 한다. 아이들은 책상 서랍과 가방 속, 필통을 정돈하고 체육복을 차곡차곡 개어 놓고, 청소 용구함에 빗자루를 단정하게 포개어 놓는다. 비 오는 날은 우산을 교실 뒤에 영화처럼 펼쳐 놓는다. 그러면 담임이 기분 좋아하고 칭찬하니까 서비스 차원에서 그래 주는 것 같다. 하지만 자주 하면 습관이 될 것이다. 함부로 구기지 않고 함부로 버리지 않고 함부로 쓰지 않고 모든 걸 아끼면서, 귀하게 다독이면서 살자. 아끼다 똥 될지라도.

_《미안, 네가 천사인 줄 몰랐어》(2006)

작가 소개

최은숙···

1966년 충남 연기에서 태어났다. 중학교에서 국어를 가르치며, 학생들과 《노자》《장자》 등 고전 읽기를 꾸준히 해 나가고 있다. 고전을 읽으면서 학생들이 언제 어디서나 당당하고 쾌활하게, 따뜻하고 아름답게 살 수 있는 힘을 기르기를 바라고 있다.

지은 책으로 《집 비운 사이》《세상에서 네가 제일 멋있다고 말해주자》《미안, 네가 천사인 줄 몰랐어》《성깔 있는 나무들》《내 인생의 첫 고전: 노자》《내 인생의 첫 고전: 장자》 등이 있다.

10 9

열보다 큰 아홉

이문구

오늘은 아홉과 열이라는 수가 지니고 있는 뜻에 대해서 생각해 보기로 합시다.

잘 아시다시피 열은 십·백·천·만·억 등의 십진급수十進級數에서 제일 먼저 꽉 찬 수입니다. 그러므로 이 열에 얼마를 더 보태거나 빼거나 한다면 그것은 이미 열이 아닌 다른 수가 됩니다.

무엇을 하기에 그 이상 좋을 수가 없이 알맞은 경우에 "십상 좋다."라고 말하는 십상도, 열 십十 자와 이룰 성成 자에서 나온 말입니다. 그만큼 열이란 수는 이미 이룰 것을 이룩한 완전한 수이며, 성공을 한 수인 것입니다.

그러면 아홉이란 수는 어떤 수입니까? 두말할 필요도 없이 열보다 하나가 모자라는 수입니다. 다시 말하면 완전에 다다른 수, 거기에 하나만 보태면 완전에 이르게 되는 수, 그래서 매우 아쉬움을 느끼게 하는 수인 것입니다.

그러면 아홉은 정녕 열보다 적거나 작은 수일까요. 그렇지 않습니다. 예를 들어 보겠습니다.

끝없이 높고 너른 하늘을 십만리장천이라고 하지 않고 구만리장천이라고 합니다. 젊은이더러 앞이 구만리 같은 사람이라고 하는 말과 같은 뜻이지요.

굽이굽이 한없이 서린 마음을 구곡간장이라고 하고, 굽이굽이 에워 도는 산굽이가 얼마인지 모르는 길을 구절양장이라고 하고, 죽을 고비를 수도 없이 넘기고 살아난 것을 구사일생이라고 표현하고 있습니다.

또 있습니다. 끝 간 데가 어디인지 모르는 땅속이나 저승을 구천이라고 하고 임금보다 한 계급 모자라는 대신인 삼공육경을 구경이라고 합니다. 문화재로 남아 있는 탑들을 보면, 구 층탑은 부지기수로 많아도 십 층탑은 아직 보지 못하였습니다.

동양에서는, 그중에서도 특히 우리나라에서는, 오랜 옛날부터 열보다 아홉을 더 사랑했습니다. 얼마나 사랑했으면 아홉 구 자가 두 번 든 음력 구월 구일을 주양절이니, 중굿날이니 하는 이름으로 부르면서, 천 년이 훨씬 넘도록 큰 명절로 정하고 쇠어 왔겠습니까.

우리의 조상들이 열보다 아홉을 더 사랑한 것은 무슨 까닭이었을까요. 간단히 말해서 모든 일에 완벽함을 기대하지 않았다는 뜻이 아니었을까요? 다시 말하면, 이 세상에 완전한 것은 없다는 사실을,

우리의 선조들은 아주 오랜 옛날부터 익히 알고 있었다는 것입니다.

우리가 흔히 듣는 말에 '모든 기록은 깨어지기 위해서 있다.'라는 말이 있습니다. 이 말이 맞지 않는 말이라면, 여러분이 아시다시피 세계 제일의 기록만을 수록하는 《기네스북》도 해마다 다시 찍어 내야 할 이유가 없겠지요.

모든 기록이 반드시 깨어지기 마련인 것은, 그 기록을 이룩한 것이 인간이기 때문이라고 생각합니다. 인간은 저마다 무한한 가능성을 타고난 사실과 아울러서, 이 세상에 완전한 인간은 결코 어디에도 있을 수가 없다는 사실 또한 그 스스로가 증명해 주는 존재이기도 합니다.

열이란 수가 넘치지도 않고 모자라지도 않고, 또 조금도 여유가 없이 꽉 찬 수, 그래서 다음도 없고 다음다음도 없이 아주 끝나 버린 수라는 점에서, 아홉은 열보다 많고, 열보다 크고, 열보다 높고, 열보다 깊고, 열보다 넓고, 열보다 멀고, 열보다 긴 수였으며, 그리하여 다음, 또는 그다음, 그도 아니면 그 다음다음을 바라볼 수 있는, 미래의 꿈과 그 가능성의 수였기에, 슬기롭고 끈기 있는 우리의 선조들에게 일찍부터 열보다 열 배도 넘는 사랑을 담뿍 받아 왔던 것입니다.

하물며 여러분은 지금 한창 자라고, 한창 배우고, 한창 놀아야 할 중학생입니다. 여러분은 지금 무엇 한 가지도 완벽할 수가 없으며, 항상 어딘가가 부족하고 어설픈 것이 오히려 정상적인 학생입니다. 행여 무엇이 남들보다 모자란 것이 아닌가 싶어서 스스로 괴로워하고 외로워하고 서글퍼해 온 학생이 있다면, 어떨까요. 이제부터라도 열이란 수보다 아홉이란 수를 더 사랑해 보는 것은. (1993.9)

_《끝장이 없는 책》(2005)

이문구···

1941년 충남 보령에서 태어났다. 서라벌예술대학 문예창작과에서 김동리, 서정주 등에게 수학했으며, 1966년 김동리의 추천으로 〈현대문학〉에 단편 〈다갈라 불망비〉로 등단했다. 1974~1984년 자유실천문인협의회 간사와 이어 1989년까지 실천문학 대표로 일하며 민주화 운동에 사생활을 접어 두다시피 했다. 한국창작문학상, 한국문학작가상, 요산문학상, 서라벌문학상, 만해문학상, 농촌문화상 문예 부문, 동인문학상, 대한민국문화예술상 등을 받았고, 대통령 표창과 은관문화훈장을 받기도 했다. 2000년 민족문학작가회의 이사장이 되나 이듬해 발병으로 중도 하차하고 2003년 2월 25일 별세했다.

지은 책으로는 장편 소설 《장한몽》《매월당 김시습》과 소설집 《해벽》《관촌수필》《우리 동네》《유자소전》《내 몸은 너무 오래 서 있거나 걸어왔다》, 산문집 《끝장이 없는 책》《마음의 얼룩》 등이 있다.

우리는 읽는다, 왜?

권용선

읽으면 읽을수록 좋은 만병통치약

그런데 친구들, 고요한 마음으로 책을 읽다 보면 어느새 졸음이 밀려오거나 금세 지루해져서 몸이 비비 꼬이지? 특히 숙제로 독후감을 써야 할 때, 텔레비전을 보거나 게임을 하고 싶은데 엄마가 억지로 책을 읽으라고 말씀하실 때 더 힘들고 더 읽기가 싫지?

그래도 우리는 책을 읽어. 왜? 부모님이나 선생님이 시키니까 마지못해 읽기도 하고, 공부를 잘하기 위해서 읽기도 하고, 또 더 똑똑한 사람이 되기 위해서 읽기도 해. 물론 재미있으니까 읽는 친구들도 있을 거야.

또 어떤 이유가 있을까? 책 속에는 우리가 궁금해하는 것들에 대한 대답이 들어 있으니까 읽기도 하지. 기분 전환을 위해서 책을 읽고, 다른 사람의 생각을 알기 위해서도 책을 읽고, 교양을 쌓기 위해서도 책을 읽지. 이것들 말고도 세상에는 정말 책을 읽어야 하는 이유들이 셀 수도 없을 만큼 많을걸!

그리고 보니 책 읽기가 온갖 병을 고치는 데 쓰는 만병통치약이라고 여긴 사람이 있어. 조선 후기의 학자인 이덕무야. 박지원의 친구이기도 해. 이 사람은 아주 소문난 책벌레였는데 언제 어디서나 추우나 더우나 기쁠 때나 슬플 때나 늘 책을 손에서 놓지 않았대. 이덕무가 말한 책 읽기의 유익함에 대해 들어 볼까?

> 약간 배가 고플 때 책을 읽으면 그 소리가 훨씬 낭랑해져 글에 담긴 이치를 맛보느라 배고픈 줄도 모르게 되니 이것이 첫 번째 유익함이요, 조금 추울 때 책을 읽으면 그 기운이 그 소리를 따라 몸속에 스며들면서 온몸이 활짝 펴져 추위를 잊게 되니 이것이 두 번째 유익함이요, 근심과 번뇌가 있을 때 책을 읽으면 내 눈은 글자에 빠져들고 내 마음은 이치에 잠기게 되어 천만 가지 온갖 상념이 일시에 사라지니 이것이 세 번째 유익함이요, 기침앓이를 할 때 책을 읽으면 기운이 통창해져 막히는 바가 없게 되어 기침 소리가 돌연 멎게 되니 이것이 네 번째 유익함이다.

어때, 놀랍지 않아? 춥고 배고프고 골치 아픈 일 있고 게다가 감기에 걸렸는데 책을 읽으면 다 낫는다니 말이야. 오직 책 책 책! 책에 이렇게 열중하다니 우리가 요즘 흔히 말하는 '마니아'와 비슷하

네. 이덕무는 실제로 '책만 보는 바보'라는 뜻의 '간서치'라고 불리기도 했대.

사실, 이 사람의 상황을 알면 그 심정이 이해가 될 거야. 이덕무는 서자 출신으로 아무리 학식이 뛰어나도 벼슬을 할 수가 없었어. 너무나 가난하여 식구들이 끼니를 걱정해야 하지만 자신이 할 수 있는 일이 아무것도 없었지. 아무리 서자 출신이라도 양반은 양반이니까 아무 일이나 할 수도 없었거든. 그러니 얼마나 답답했겠어. 그럴 때 위로가 되고 힘을 준 것이 바로 책과 그 책을 읽고 함께 이야기를 나눌 수 있는 벗들이었지.

> 지극한 슬픔이 닥치게 되면 온 사방을 둘러보아도 막막하기만 해서 그저 한 뼘 땅이라도 있으면 뚫고 들어가 더 이상 살고 싶은 생각이 없어진다. 하지만 나는 다행히도 두 눈이 있어 글자를 배울 수 있었다. 그래서 나는 지극한 슬픔을 겪더라도 한 권의 책을 들고 내 슬픈 마음을 위로하며 조용히 책을 읽는다. 그러다 보면 절망스러운 마음이 조금씩 안정된다. 만일 내가 온갖 색깔을 볼 수 있는 눈을 가졌다 해도 서책을 읽지 못하는 까막눈이라면 장차 무슨 수로 내 마음을 다스릴 수 있을 것인가.

친구들은 아주 많이 슬프거나 화가 날 때, 혹은 걱정이 있을 때 어떻게 해? 어떤 영화의 주인공은 그럴 때 달리기를 하더라고. 심장이 터질 때까지 달리기를 하다 보면 어느새 마음이 가라앉는다는 거야.

또 어떤 사람은 노래를 하기도 하더군. 큰 소리로 노래를 부르다 보면 어느 틈엔가 불편했던 마음이 조금씩 평온해지는 걸 느낀대.

이덕무는 달리기나 노래 대신에 책을 읽었던 거야. 우리도 평소에 좋아하는 책을 한두 권쯤 정해 두는 건 어떨까? 아주 재미있거나 감동적인 책으로 말이야. 그래서 아주 많이 슬프거나 화가 나거나 외로울 때 조금씩 읽어 보는 거야.

재미있는 책을 읽을 때는 시간 가는 줄도 모르고 걱정이나 근심 따위는 잊고 그 책에 푹 빠지잖아. 그러다 보면 정말 마음이 고요해지면서 다시 씩씩하게 생활할 수 있는 용기가 생겨날지도 모르니까. 그리고 또 혹시 알아? 글을 읽던 중 갑자기 그 근심거리를 해결할 수 있는 좋은 아이디어가 떠오를지!

그리고 꼭 순간에 책을 읽지 않더라도, 예전에 읽었던 책이 도움이 될 때도 있어. 책을 소리 내어 읽으면 그 소리를 내 몸이 기억한다고 했지? 속으로 읽거나 마음의 눈으로 읽는 것도 마찬가지야. 내 몸속 어딘가에 저장 혹은 기억되어 있다가 어느 날 문득 떠오르면서 우리를 흥분시킬 수도 있고, 삶을 잘 살아갈 수 있는 용기와 힘을 주기도 하는 거지.

이덕무는 마음뿐 아니라 몸이 아플 때도 글을 읽으면 도움이 된다고 했잖아. 특히 감기에 걸려서 기침을 할 때 소리를 내서 글을 읽다 보면 몸속에 기운이 잘 흐르게 되어서 기침이 멎게 된다는 거야. 친구들도 감기에 걸렸을 때 한번 해 봐. 정말 기침이 멎는지.

이렇게 보니까 정말 글을 읽는 것은 만병통치약인 것 같아. 글 속에 담긴 뜻을 이해하며 지혜로워지고, 몰랐던 것들을 알게 되면서 지식을 쌓게 되는 건 말할 것도 없고 배고픔이나 추위도 잊을 수 있고, 걱정 근심을 해결하며 몸의 병도 낫게 한다니 이보다 더 좋은 만병통치약이 어디 있겠어?

그런데 만약, 춥거나 덥지도 않고 배고프거나 배부르지도 않고, 몸과 마음이 다 편안하다면 어떻게 하냐고? 어떻게 하긴 뭘 어떻게 해? 그럴 때야말로 책 읽기에 더없이 좋을 때니까 얼른 책을 들고 독서삼매에 빠져야지!

다른 사람이 되고 싶다면: 변신의 즐거움

친구들은 혹시 다른 사람이 되고 싶었던 적 없었어? 남자는 여자가 되고 싶다거나, 여자는 얼른 예쁜 아가씨가 되고 싶다거나, 혹은 우주 비행사가 되어서 우주여행을 하고 싶다거나, 세계를 돌아다니는 큰 배의 선장이 되고 싶다거나, 아니면 밀림의 왕자인 사자가 되고 싶다거나, 마법사가 되어 나를 못살게 구는 친구를 혼내 주고 싶다거나, 뭐 이런 생각들을 우리는 가끔 하잖아. 어떤 날은 진짜로 이런 모습이 되어 다른 생활을 하는 꿈을 꾸기도 하고 말이야.

옛날 옛적에 조신이라는 사람이 살았대. 뜻한 바가 있어서 절에 들어가 열심히 공부를 하고 있었다지. 그런데 어느 날, 조신은 그 절에 놀러 온 아가씨를 보고 그만 첫눈에 홀딱 반하고 말았어. 그날부터 조신은 공부는 내팽개치고 멍하게 앉아서 하루 종일 그 아가씨 생각만 했어.

얼마나 열심히 생각을 했으면 그 아가씨와 결혼을 해서 함께 사는 꿈까지 꾸었겠어? 그런데 꿈속에서 아가씨와의 결혼 생활이 마냥 행복했던 것만은 아니었나 봐. 아무리 일을 해도 너무너무 가난해서 식구들이 밥을 굶기 일쑤였고, 좀 먹고살 만하니까 그만 전쟁이 나서 아이가 죽고, 부부는 헤어지는 불행을 겪어야만 했었대.

잠에서 깬 조신이 거울을 보니까 글쎄, 머리가 하얗게 세어 있더래. 꿈에서 얼마나 고생을 했으면 그랬을까. 비록 머리는 하얗게 세었지만 조신은 꿈이어서 정말 다행이라고 생각했어. 그리고 만날 일도 없는 아가씨 생각을 하느라 시간을 허비하는 일을 그만두고 열심히 공부해서 훌륭한 사람이 되었대. 만약 조신이 아가씨와 함께 사는 꿈을 꾸지 않았다면 방황을 계속하다가 시시한 인생을 살게 되었을지도 몰라.

사람이 태어나서 죽을 때까지의 삶을 왜 '일생'이라고 부르는지 알아? 그건 한 사람이 한 번에 한 가지의 삶을 살 수밖에 없기 때문이야. 버스를 타고 학교에 가면서 동시에 내 방 침대에 누워서 잠을 잘 수는 없다는 뜻이지. 그래서 우리는 매 순간 선택을 하고 결정을 해야 해.

밥을 먹을지, 책을 볼지, 그림을 그릴지, 게임을 할지 하는 단순한 선택들도 있지만 나중에 더 크면 대학에 갈지 말지, 어떤 직장을 선택할지, 어떤 사람과 친구가 되고 결혼을 할지 등등 인생에서 중요한 결정을 내려야 할 순간도 오는 법이야. 어떤 선택을 하느냐에 따라 그 사람의 인생이 전혀 다르게 펼쳐질 수도 있거든.

조신처럼 꿈에서 다른 삶을 살아 보는 게 아니라면 한 사람이 두 가지 삶을 사는 건 불가능해. 딱 한 가지 방법이 있긴 한데, 그게 뭘까? 그래 맞아. 지금의 나 자신이 아닌 전혀 다른 사람이 될 수도 있고, 전혀 다른 삶을 살 수도 있는 유일한 방법, 그건 바로 책을 읽는 것!

우리가 책을 읽는 건, 조신이 꿈을 꾸는 것과 비슷한 일이라 할 수 있어. 조신이 꿈에서 사랑하는 아가씨와 마음껏 살아 보았기 때문에 현실에서 미련 없이 다른 삶을 선택할 수 있었던 것처럼, 우리는 책을 통해 다른 삶을 살아 보고, 지금의 내 삶을 어떻게 만들어 갈 것인가에 대한 힌트를 얻을 수 있어. 어때, 되도록 이런 인생 저런 인생 다양하게 살아 보고 싶지 않아? 그러기 위해선 다양한 책을 읽어야겠지.

다른 존재가 되어 봄으로써 색다른 경험을 하는 이야기 하나 더 소개할게. 《이상한 나라의 앨리스》라는 책을 아니? 영국에서 사는 꼬마 친구 앨리스가 하얀 토끼를 따라 토끼 굴로 들어갔다가 이상한 나라를 여행하는 이야기야.

이상한 나라에 간 앨리스는 작은 유리병에 든 약이나 케이크를 먹고 키가 작아졌다가 커졌다가 하는 이상한 경험을 하게 돼. 그러다가 버섯 위에 앉아 담배를 피우고 있는 쐐기벌레를 만나게 되지. 쐐기벌레는 앨리스에게 이렇게 물어봐.

"넌 누구니?"

하지만 이상한 나라에 온 이후로 계속 커졌다 작아졌다 했던 앨리스는 자기가 누군지 헷갈렸어. 그래서 이렇게 대답했지.

"나는…… 나도 잘 모르겠어요. 지금은…… 적어도 오늘 아침에 일어났을 때는 내가 누구인지 알고 있었지만, 그때부터 지금까지 여러 번 바뀐 것 같아요."

그러자 쐐기벌레는 발끈 성을 냈어.

"그게 도대체 무슨 소리야? 좀 알아듣게 설명해 봐!"

앨리스가 말했어.

"죄송하지만 나도 날 설명할 수 없어요. 보다시피 나는 내가 아니니까요. 나 자신도 뭐가 뭔지 이해할 수 없어요. 하루에도 몇 번씩이나 몸이 커졌다 작아졌다 하는 건 너무 혼란스럽거든요."

나는 내가 아니라니, 게다가 내가 커졌다 작아졌다 하면서 계속 바뀐다니, 정말 너무 이상하고 혼란스러운 기분이었겠지. 그런데 한편으로는 이렇게 자기 자신이 계속 바뀐다면 평소에는 할 수 없는 체험도 많이 할 수 있어서 재미있을 것 같지 않아?

저 장면에서 앨리스는 키가 아주 작아져서 버섯 위에 앉아 있는 쐐기벌레와 대화를 나눌 수 있는 거거든. 보통 때의 앨리스라면 불가능한 일이지. 변신을 거듭하면서 앨리스는 이상한 나라를 계속 여행해. 가다가 모자 장수와 삼월 토끼의 다과회에도 참석하고, 공작부인과 아기 돼지도 만나고, 화를 잘 내는 거만한 여왕과 여왕의 트럼프 병정들도 만난단다.

책을 읽는 것은 앨리스가 이상한 나라를 여행하는 일과 비슷해. 우리가 현실에서는 겪지 못하는 일들이 책을 펴는 순간 진짜처럼 펼쳐지잖아.

우리는 해리 포터처럼 마법 학교에 가서 마법사가 되기도 하고, 야생 동물들의 생활이 생생하게 그려진 《시튼 동물기》를 읽다 보면 동물이나 식물의 마음까지도 알 수 있지. 평소에 내성적인 친구라면 신나게 운동하는 축구 선수가 되어 볼 수도 있고, 도시의 아파트에서만 살던 친구라면 옥수수밭과 개울물과 얼룩소가 있는 농촌에서 살아 볼 수도 있어. 역사 속의 한때로 돌아가 모험을 즐기기도 하고, 저 먼 미래로 날아가서 살아 볼 수도 있지. 세상에! 내가 원하기만 하면 그 어떤 것으로도 변신할 수 있고, 어디로든 갈 수가 있다니 이거야말로 기적이잖아!

변신은 힘이 세다

세상에는 셀 수 없이 많은 사람이 살고 있는 것처럼 또 셀 수 없이 많은 책들이 있단다. 사람들마다 얼굴 생김이 다르고 성격이 다른 것처럼 책들도 모두 다른 이야기를 담고 있지. 그러니까 친구들이 어떤 책을 펼쳐 드느냐에 따라 매번 다른 사람이 될 수 있고, 매번 다른 생각들과 만나는 일은 그 자체로 끝나는 게 아니라 현재 자기의 삶에 크게 영향을 주기도 한단다.

〈인형의 집〉이라는 유명한 희곡이 있어. 입센이라는 노르웨이 작가의 1879년 작품인데 이런 내용이야. 주인공 노라는 은행장인 남편의 사랑을 받으며 걱정 근심 없이 풍요로운 삶을 살아가고 있었어.

남들이 보기에는 부러울 게 없는 그런 삶이었지. 그런데 어느 날 문득 노라에게 이런 의문이 들었던 거야.

'나는 사람인데, 왜 내가 인형처럼 느껴지지?'

겉으로는 전혀 부족함이 없는데, 뭔가 부족한 듯한 느낌이었지. 자기 의지로 삶을 사는 게 아니라 자기 삶이 남편의 의도대로 만들어지고 있다는 생각이 들었던 거야. 그래서 노라는 용기를 내어 가출을 해. "나는 인형이 아니에요."라고 말하면서.

〈인형의 집〉은 20세기 초반에 한국, 중국, 그리고 일본에서 아주 선풍적인 인기를 끌었지. 노르웨이 작가의 작품이 아시아에서 인기를 끌었다니 신기하지. 왜일까? 세 나라 모두 아주 오랫동안 가부장적인 가족 제도에서 생활했기 때문이야. 한 집안의 가장(주로 아버지겠지?)이 그 집안의 모든 일을 결정하고, 여자들은 남자들의 결정에 무조건 따라야만 했었어. 오죽했으면 이런 말이 나왔겠어?

"여자는 어려서는 아버지를 따르고, 결혼을 해서는 남편을 따르고, 늙어서는 아들을 따른다."

그러던 여자들이 〈인형의 집〉을 읽고는 달라지기 시작했대. 노라가 겪은 일과 생각을 읽다 보니 내가 겪은 일과 생각이 떠오르면서 나와 비슷하구나, 아니 똑같구나, 하는 깨달음을 얻게 되었겠지. 책을 통해 용기 내어 집을 떠나는 '노라'로 변신해 봄으로써 "맞아, 우리는 인형이 아니야. 우물 안의 개구리처럼 집 안에서 평생 살 수는 없어." 노라의 가출에 공감하며 자신도 새로운 삶을 찾고자 하는 힘을 갖게 되었을 거야.

여자들은 그 후 학교에 다니고, 직업을 갖고, 사회 활동을 하는 일에 적극적으로 나서게 되었지. 책을 읽은 여성들이 변화했고, 그 변화가 사회의 변화까지 일으킨 거란다.

우리가 앞에서 마음으로 읽기에 대한 이야기를 했잖아. 글쓴이의 마음을 잘 읽어야 한다고 말이야. 그런데 글쓴이의 마음을 잘 읽다 보면 결국 내 마음까지 읽게 된다는 사실을 알고 있니? 〈인형의 집〉을 읽으면서 사람들이 인형처럼 살아온 자기 경험과 자기 생각을 계속 떠올렸던 것처럼, 그리고 앞으로도 이렇게 살고 싶은가 자신에게 질문을 던지는 것처럼 말이야.

친구들이 〈인형의 집〉을 읽는다면 어떨까? 지금은 20세기 초처럼 가부장적이지도 않고 게다가 친구들은 결혼도 안 했을 테니까 노라의 심정을 전혀 공감할 수 없을까? 그렇지 않을지도 몰라. 노라와 상황은 다르지만, 무엇을 하고 싶은지도 모른 채 학교와 학원을 왔다 갔다 하면서 사는 내 모습이 '인형'처럼 느껴질지도 모르지. 한편으로 '가출은 좀 심하잖아.' 공감할 수 없을지도 모르고.

마음으로 읽는다는 것은 내가 주인공이라면 어떨까 생각하며, 글쓴이는 어떤 마음으로 썼을까 생각하면서 읽는 것이야. 또 한편으로는 내 경험과 책에 쓰인 경험을 비교하기도 하고, 글쓴이의 생각에 대해 찬성하기도 하고 비판하기도 하면서 내 생각을 가다듬어 가는 과정이기도 하지.

이 책에서는 이렇게 이야기하는데 다른 책에서는 어떻게 이야기할까 궁금해져서 또 다른 책을 찾아 읽게 될 수도 있어. 또 다른 책을 읽으면서 생각은 점점 풍부해지겠지. 그렇게 생각이 변하고 깊어지면 내 행동도 바뀌고, 결국 삶이 바뀌게 될 거야.

사람들의 삶을 바꾸어 놓은 책 한 권 더 소개할게. 1978년에 발표된 조세희의 《난장이가 쏘아올린 작은 공》이라는 책이야. 이 책을 읽고 우리 사회의 어두운 모습을 적나라하게 경험한 대학생들은 우리나라를 좀 더 행복한 곳으로 바꾸기 위해 애썼단다.

대체 어떤 내용이냐고? 친구들이 한번 찾아서 읽어 봐. 지금 당장 읽기엔 좀 어려울지도 몰라. 하지만 한번 읽어 보고 나중에 한 10년쯤 지난 뒤에 또 읽어 보면, 막상 지금은 잘 보이지 않는 것들이 그때는 많이 보일 거야.

똑같은 글인데 왜 10년 후에는 더 잘 보이냐고? 그건 자라면서 경험이나 생각도 계속 바뀌기 때문이지. 마음으로 읽기는 글쓴이의 마음을 읽는 것뿐 아니라 내 경험과 생각에 비춰 보는 거라고 했잖아.

_《읽는다는 것》(2010)

작가 소개

권용선···

대학에서 한국 문학을 공부했고, 한국어로 읽고 쓰는 일을 계속하고 있다. 지난 몇 년간 미국 동부 지역에 살면서 인종을 비롯한 소수자와 약자 문제에 깊이 관심을 갖게 되었다. 문학 이외에도 철학과 예술 일반에 대한 공부를 계속하고 있다.

지은 책으로《읽는다는 것》《아Q정전, 어떻게 삶의 주인이 될 것인가》《이성은 신화다, 계몽의 변증법》《세계와 역사의 몽타주, 벤야민의 아케이드 프로젝트》《발터 벤야민의 공부법》등이 있다.

지렁이 울음소리를 들을 수 있는 세상

김선우

지렁이 울음소리를 들어 본 적 있나요? 목숨 있는 것들은 다 울지요. 심지어 기뻐서 눈물이 터질 때도 있지요. 누군가 자신의 고민과 상처를 이야기하다 울음을 터뜨렸다면, 그 사람은 괜찮은 거예요. 운다는 건 상처를 극복할 힘이 있다는 거지요. 유마維摩의 말을 빌려야겠네요. 세상이 죄다 병들었는데 나만 희희낙락할 수는 없는 거라고요. 다 아픈데 나만 안 아플 순 없는 겁니다. 목숨 있는 존재란 누군가에게 기대어 존재하게 되어 있는 거니까요. 그러니 울음은 웃음만큼이나 소중한 겁니다. 울음은 자기를 비워 내는 강력한 몸의 말이지요. 유기농 퇴비 만드는 곳에 간 적이 있습니다. 지렁이 울음소리를 듣고 싶었기 때문이지요. 비닐하우스 가득 놓인 항아리들 속에서 지렁이들이 퇴비를 만들고 있었지요. 발소리를 죽이고 귀를 쫑긋

해 보았습니다. 청각이 예민한 지렁이들이 인기척을 알아채고 조용해지기 전까지, 짧은 순간이나마 지렁이 울음소리를 듣는 바로 그 순간, 농부는 자신이 우주를 여행하는 여행자라는 생각이 든다고 합니다. 여리지만 분명한 울음소리 혹은 노랫소리. 모두 잠든 밤 조용히 땅 위로 나와 달빛을 즐기는 지렁이를 상상해 보세요. 세상에서 단 한순간도 다른 생명을 착취해 본 적 없는 지렁이. 참, '지렁이도 밟으면 꿈틀한다.'라는 속담이 있지요. 이런! 지렁이는 안 밟아도 꿈틀합니다. 꿈틀하는 역동이 생명의 본질이니까요. 밟아야만 꿈틀한다고 착각하지 마세요. 지렁이들의 울음소리를 들을 수 있는 세상이어야 합니다.

_《부상당한 천사에게》(2016)

작가 소개

김선우···

강원도 강릉에서 태어났다. 1996년 〈창작과비평〉 겨울호에 〈대관령 옛길〉 등 열 편의 시를 발표하며 등단했다. 현대문학상과 천상병시상 등을 받았다.

시집 《내 혀가 입 속에 갇혀 있길 거부한다면》《도화 아래 잠들다》《내 몸속에 잠든 이 누구신가》《나의 무한한 혁명에게》, 산문집 《물밑에 달이 열릴 때》《김선우의 사물들》《내 입에 들어온 설탕 같은 키스들》《우리말고 또 누가 이 밥그릇에 누웠을까》《어디 아픈 데 없냐고 당신이 물었다》, 장편 소설 《나는 춤이다》《캔들 플라워》《물의 연인들》《발원 1~2》, 청소년 소설 《희망을 부르는 소녀 바리》, 어른을 위한 동화 《바리공주》, 그 외 다수의 시 해설서가 있다.

"책은 가장 조용하고 변함없는 벗이다.
책은 가장 쉽게 다가갈 수 있고
가장 현명한 상담자이자, 가장 인내심 있는 교사이다."

_'엮은이의 말' 중에서

2부

✧

이성을 자극하는 글

개 기르지 맙시다

서민

엄마, 아빠, 간식, 빵빵, 친구, 잘했다, 이리 와……. 내가 기르는 강아지가 알아듣는 단어들이다. 개들은 보통 30~70여 개의 단어를 알아듣는데, 영화 〈마음이 2〉에 출연한 리트리버 달이는 70개 단어를 듣는단다. 오스트리아에 사는 일곱 살짜리 개는 무려 340개 단어를 알아들어 화제가 된 바 있는데, 이 정도면 심부름 시키는 것도 가능할 것 같다. 개가 인간의 벗이 된 데는 사람이 흉내 낼 수 없는 충직성이 있고 어느 정도의 의사소통이 가능하기 때문이리라. 흔히 '개만도 못하다'는 말을 쓰지만, 개와 더불어 생활하다 보면 개가 왜 그런 대접을 받아야 하는지 의아해진다. 사람은 월수입과 사는 동네에 따라 상대를 차별하지만, 개는 그 주인이 어느 대학을 나왔는지, 정규직인지 아닌지에 관심이 없다. 게다가 개들은 주인을 위해 온몸을 던지길 마다하지 않는다. 불길 속에 몸을 던져 주인을 구한 개도 있고, 당뇨병을 앓던 주인이 쓰러지자 휴대 전화로 911을 눌러 주인을 구한 개도 있다. 정도의 차이만 있을 뿐, 모든 개들이 다 그런 마음을 갖고 있으며, 내가 기르는 강아지 역시 다른 사람이 날 때리는 시늉만 해도 그에게 짖으며 달려든다.

그럼에도 사람들은 개를 버린다. 아파트로 이사해서, 개가 늙고 병들어서, 애를 낳아서, 그냥 귀찮아서 등등 나름의 이유로 그런 일을 벌인다. 그 개들은 거리의 개가 되어 쓰레기통을 뒤지는 신세가 되고, 결국 차에 치여 죽거나 보호소에 잡혀가 안락사를 당함으로써 생을 마감한다. 버려지는 개들이 안쓰러워 유기견 보호소를 차리는 분들이 있지만, 그리 넉넉지 못한 형편이라 사료값을 충당하기도 벅차다. 얼마 전부터 고양에 있는 유기견 보호소에 한 달에 한 번씩 사료를 후원하고 있는데, 그곳을 운영하는 김정호 씨는 일흔이 넘으셨고 2년 전 구강암 판정을 받으신 바 있다. 경제적으로 어려운 처지에서 120마리가 넘는 개들을 맡고 계신 김 할아버지는 "개를 놓고 가면서 다달이 사료값을 내겠다고 말들을 하지만, 돈 얼마라도 보내는 사람을 본 적이 없다."라고 개탄하신다. 게다가 이런 분들의 이야기가 언론에 소개되면 후원하는 사람이 늘어나는 게 아니라 거기다 개를 버리고 가는 사람만 많아진다고 하니, 심란한 노릇이다.

개를 입양하는 건 가족을 하나 더 만드는 것과 같다. 그럼에도 사람들은 그 일을 너무 쉽게 결정한다. 입양이 쉬우니 버리는 것도 쉽다. 해마다 5만 마리가 넘는 개가 버려지는 이유도 여기에 있다. 개에 대한 인식이 그리 좋지 않은 우리나라에서 개를 버리면 그 주인이 처벌을 받는 법이 만들어지길 기대하는 건 어려운 일이다. 그래서 말씀드린다. "개를 기르지 마세요."라고. 당장 심심하다고, 애들이 원한다고, 사람 간의 관계에서 상처를 받았다는 게 개를 키울 이유는 되지 못한다. 개를 자식에 준할 만큼 키울 마음이 있다면, 그리고 그 마음이 변치 않을 자신이 있는 극소수만 개를 입양하시라. 가족 중 한 명이라도 개 키우는 일을 반대하는 사람이 있다면 개를 입양해선 안 된다. 이사 가려는 아파트가 개를 못 키우게 한다면 그 계약을 취소하고 다른 아파트를 알아볼 사람만 개를 키울 자격이 있다.

TV 프로그램에서 본 내용이다. 유기견 보호소 근처에 차가 한 대 서고, 한 남자가 문을 열고 개를 내려놓는다. 차가 출발하자 개는 죽을힘을 다해 차를 따라간다. 그 개는 주인이 왜 자신을 버리고 가는지 이해하지 못했을 거다. 필경 자신을 다시 데리러 올 거라고 생각하며 그 자리를 떠나지 않을지도 모른다. 한 가지 확실한 건 죽을 때까지 그 개가 주인을 원망하지 않을 거라는 것. 그게 바로 개다.

—〈경향신문〉(2010년 8월 3일자)

작가 소개

서민···

서울대학교 의학과를 졸업하고, 같은 대학에서 박사 학위를 취득한 뒤 단국대학교 의과대학 교수로 재직 중인 기생충 박사이다. 기생충의 세계와 사회 현상을 빗대어 글을 쓰는 칼럼니스트이며, 강연을 통해 의학을 좀 더 재미있고 유쾌하게 알려 주는 일에 매진하고 있다.

지은 책으로 《서민의 개좋음》《서민 교수의 의학 세계사》《밥보다 일기: 서민 교수의 매일 30분, 글 쓰는 힘》《청소년을 위한 의학 에세이: 의학 인물 편》《기생충이라고 오해하지 말고 차별하지 말고》《서민 독서》 등이 있다.

글쓰기는 재능의 문제일까요?

김주환

글쓰기는 재능이 있어야 한다고 생각하는 사람들이 많습니다. 훌륭한 작가들은 천부적인 재능을 타고난 사람들이기 때문에 글을 잘 쓰지만 보통 사람들은 그러한 재능이 없기 때문에 잘 쓰기 어렵다는 것입니다. 청소년의 대부분은 자신이 글쓰기에 재능이 없다고 생각하여 글쓰기를 부담스럽고 힘든 일로 여깁니다.

글쓰기가 재능의 문제라고 생각하는 것은 두 가지 점에서 좋지 않은 영향을 미칩니다. 먼저 훌륭한 작가들이 글쓰기에 기울이는 시간과 노력의 가치를 가볍게 여기게 됩니다. 작가들은 글을 쓰기 위하여 엄청난 자료 조사를 하고 주제를 깊이 있게 탐구하며 철저하게 계획을 세우고 초고를 씁니다. 그리고 며칠을 두고 초고를 읽으면서 문제점이 없는지 살피고, 문제가 발견되면 다시 자료 조사를 고치고, 수정을 합니다. 이런 과정을 끝도 없이 반복한 뒤에 드디어 작가들은 한 편의 글을 완성하는 것입니다.

재능이 있어야 글을 잘 쓸 수 있다는 생각은 또한 글쓰기 경험이 부족한 사람들의 노력을 무의미하게 만듭니다. 만일 여러분이 글쓰기가 힘들고 어렵게 느껴진다면 그것은 글을 써 본 경험이 많지 않거나 글쓰기에 대해서 공부한 적이 별로 없기 때문입니다. 고기도 먹어 본 사람이 잘 먹는다는 말이 있듯이, 글쓰기도 써 본 사람이 잘 쓰기 마련입니다. '나는 글쓰기에 재능이 없어.'라고 생각한다면 글을 잘 쓰기 위한 노력을 할 필요조차 없게 되는 것이죠.

여러분은 아니 우리 모두는 누구나 작가입니다. 매일 SNS를 통해서 혹은 다른 전자 매체를 통해서 수많은 메시지를 주고받습니다. 개중에는 아주 짧은 문자도 있지만, 좀 긴 글도 있습니다. 내가 쓴 글에 상대방이 감동을 받기도 하지만 내 의도와 달리 해석해서 오해가 생기는 경우도 적지 않습니다. 내가 쓴 글이 상대방에게 잘 이해될 뿐만 아니라 감동도 줄 수 있다면 우리의 삶은 더욱 행복해질 것입니다. 여러분이 상대방에게 자신의 마음을 표현하기 위해서 어떤 이모티콘을 선택할지 고민하고 있다면 여러분은 이미 작가의 대열에 들어선 것입니다.

여러분은 매일 수백 편의 글을 쓰는 작가입니다. 여러분의 메시지가 상대방에게 긍정적인 느낌으로 받아들여지길 원한다면, 또는 학교 과제와 같이 특별한 목적이 있는 글쓰기에서 좋은 능력을 보이기를 원한다면 "글쓰기는 재능이다."라는 말이 아니라 "글쓰기는 노력이다."라는 말에 귀를 기울이는 것이 좋습니다. '글쓰기에 대해서도 배울 것이 있다.'라고 생각하고 꾸준히 글쓰기에 대한 지식과 경험을 쌓는다면 머지않아 여러분도 자신에게 '글쓰기의 재능'이 있다는 것을 알게 될 것입니다.

글쓰기, 이제 함께 노력해 볼까요?

—《청소년 거침없이 글쓰기: 전략》(2016)

작가 소개

김주환···

서울대학교 국어교육과를 졸업하고 고려대학교 대학원에서 석사 및 박사 학위를 받았다. 전국국어교사모임 회장, 국어과교육과정 심의위원 등을 지냈고 성내중학교, 장위중학교, 도봉고등학교에서 국어 교사로 재직하다가 지금은 안동대학교 국어교육학과에서 학생들을 가르치고 있다.

지은 책으로는 《교실 토론의 방법》《7년간의 실수》《청소년을 위한 자유로운 글쓰기 33》《독서교육론》(공저) 등이 있다.

느림의 가치를 재발견하자

김종덕

속도 전쟁은 비인간적인 삶 강요……

건강한 삶 위해 느림의 실천 필요

오늘날 우리 사회는 빨리빨리 문화가 대세다. 불과 수십 년 전만 해도 느림의 문화가 지배적이었는데 압축적 성장 과정에서 속도의 문화가 이를 대체했다.

빨리빨리 문화는 한편으로는 고속 성장을 가능하게 했지만, 다른 한편으로는 부작용도 낳았다. 삼풍백화점 붕괴, 높은 교통사고 사망률 등은 이 문화의 부정적 산물이다. 또 그 안에서의 경쟁으로 인해 개인들은 엄청난 스트레스를 겪고 있다.

흔히 느린 것을 게으른 것과 혼동하지만 느린 것과 게으른 것은 다르다. 느림은 빠름에 반대되는 개념으로, 속도의 광기에 빠져든 사회를 치유하기 위해 꼭 필요한 덕목이다. 느림은 기본과 원칙에 충실하게 한다. 무엇보다도 느림은 우리를 보다 인간답게 만들어 준다. 느림은 남을 제치고 자기만 아는 경쟁적인 삶에서 벗어나 남들과 더불어 사는 것을 가능하게 한다.

근래 들어 우리나라에도 느림의 순기능을 인식하고 느림에 관심을 기울이는 사람들이 점차 늘어나고 있다. 느림을 실천하기 위해 두 발로 걷거나 자전거를 타는 모임이 생겨나고, 패스트푸드가 아닌 슬로푸드에 대한 관심이 높아졌다. 또 다람쥐 쳇바퀴 같은 삶에서 벗어나 슬로라이프로 전환하는 사람도 늘고 있다.

하지만 아직도 많은 사람들은 느리게 사는 것의 중요성을 인식하지 못한다. 이들은 일을 빨리하면 시간이 남고, 그 남는 시간을 다른 데 쓸 수 있을 것으로 생각한다. 그러나 안타깝게도 이 범주에 속하는 이들은 여전히 바쁜 생활에서 벗어나지 못하는 경우가 대부분이다.

우리는 24시간 계속해서 일할 수 있는 기계가 아니라, 일도 하고 놀기도 해야 하는 사람이다. 기계가 아니라 사람으로서 존엄을 지키려면 속도 전쟁에서 벗어나 느림의 가치를 재발견해야 한다. 느림은 작게는 개인의 인간적인 삶을 위해, 크게는 지구의 지속적 발전을 위해 반드시 실천해야 할 과제다. 속도 전쟁은 개인에게 비인간적인 삶을 강요하는 동시에 엄청난 에너지를 낭비하게 하여 지구 환경의 지속 가능성을 저해하기 때문이다.

이제 빨리빨리 문화에서 벗어나 느림의 삶을 누려 보자. 날마다

이면 더 좋겠지만, 그게 안 될 경우 일주일에 하루만이라도 걸어 보자. 걸으면서 옆 사람과 이야기도 나누고 주변도 관찰해 보자. 집에서 음식을 조리해 먹고, 먹을거리를 생산한 사람을 생각하고, 우리가 먹는 음식의 맛을 즐겨 보도록 하자. 느림을 실천하면 보다 건강하고 여유로운 삶이 펼쳐진다.

빨리빨리 문화와 경쟁에 젖어 있는 이들에게 시작이 쉽지는 않겠지만, 사람다운 삶을 원한다면 생활의 작은 부분부터 느림을 실천하고 체험해 보기를 권한다.

_〈농민신문〉(2010년 12월 6일자)

작가 소개

김종덕 • • •

경남대학교 석좌 교수이며 국제슬로푸드한국협회 회장을 맡고 있다. 이탈리아에서 시작된 패스트푸드 반대 운동인 슬로푸드 운동을 우리나라에 소개했고, 패스트푸드가 우리 사회에 끼치는 영향을 상징하는 '맥도날드화'에 맞서 시민 교육과 사회 교육에 힘써 왔다.

지은 책으로 《음식문맹자, 음식시민을 만나다》《슬로푸드 슬로라이프》《먹을거리 위기와 로컬 푸드》 외 여러 권이 있고, 《미래를 여는 소비》《맥도날드 그리고 맥도날드화》 등을 우리말로 옮겼다.

문을 밀까, 두드릴까

(퇴고하기)

임병식

글을 쓰는 사람치고 작품을 퇴고하지 않는 사람은 드물 것이다. 그리고 '퇴고推敲'라는 말 또한 당나라 시인 가도賈島가 '승퇴월하문僧推月下門'이라는 종장을 지어 놓고 밀 '퇴推'로 할 것인가 두드릴 '고敲'로 할 것인가 고민하던 중에 지나가던 경윤 한유가 '고敲'로 하는 게 좋겠다고 해서 생겨난 어휘라는 것을 모르는 문인도 없을 줄 안다.

대부분의 문인은 자신이 쓴 작품을 습관적으로 손본다. 글을 쓸 때는 이모저모 생각하다가 자칫 문맥을 놓치거나 어느 부분은 과장하고 어느 부분을 빠뜨리는 경우도 생겨서 퇴고하지 않으면 완성된 작품이 되지 못하기 때문이다. 퇴고를 하다 보면 무슨 어휘가 걸리든지 하다못해 오탈자 하나라도 발견되기 마련이다.

나의 경우도 마찬가지다. 글을 쓴 다음에는 반드시 퇴고의 수순을 밟는데 가장 먼저, 문맥이 잘 통하는지부터 살핀다. 그리고 더하거나 뺄 부분은 없는지, 오탈자는 없는지의 순으로 글을 살펴본다. 이런 작업을 서너 번 반복하는데, 때에 따라서는 열 번 가까이 손을 볼 때도 있다. 나는 이러한 퇴고 버릇이 너무 지나친 게 아닐까 생각했다. 그런데 어느 분의 퇴고 소감을 쓴 글을 읽으니 그에 비하면 나는 아무것도 아니었다. 그분은 한 작품을 발표하기 전에 무려 27회를 퇴고했으며, 그것도 미진하다 싶어 그 후로도 7회를 더하여 모두 34회나 글을 고쳐 썼다는 것이다.

나는 그의 작품을 읽으며 글을 신인 같지 않게 잘 쓴다고 느꼈는데 다 그만한 이유가 있었다. 이를 보면 신인이라고 하여 결코 가볍게 대할 일이 아닌 듯하다. 그런 퇴고의 자세를 보니 문득 경우는 다르지만, 전에 들었던 어떤 이야기가 뇌리를 스쳤다.

이야기인즉슨,

어느 날 나이 많은 농부가 길을 가다가 모판에 볍씨를 뿌리고 있는 한 소년을 보았다. 그걸 보고 노인이, "저 집 농사는 올해 파농하게 생겼군. 쯧쯧." 하며 혀를 찼다.

그러자 소년이 듣고는 대꾸했다.

"노인께서 말씀이 지나치십니다. 얼마나 씨앗을 많이 뿌려 보았다고 그러십니까?"

이에 노인이, "걱정돼서 혼자 했던 말이네. 내 칠십 평생을 살면서 오십 년 넘게 씨를 뿌려 왔지만 지금도 그 일이라면 자신이 없는데, 어린 사람이 오죽하겠는가?" 하자, 소년은 정색을 하고 하나의 제안을 했다.

"그럼 누가 씨앗을 잘 뿌리는지 내기를 해 볼까요?"

그리하여 두 사람은 마침내 씨뿌리기를 겨루게 되었다. 그런데 결과는 소년이 훨씬 나았다.

노인이 의아해하자, "어른께서는 오십 년 동안의 씨를 뿌렸다고는 하나 기껏 오십 번 정도 뿌렸겠지요. 저는 맨땅에다 금을 그어 놓고 수백 번도 더 연습했습니다."라고 하는 게 아닌가.

노인은 그야말로 연중행사로 한 차례씩 볍씨 뿌리기를 했지만, 소년은 그보다 연습을 많이 했다. 소년이 씨뿌리기를 실습한 것처럼 끈질기게 다듬은 글은 어디가 달라도 다를 것이다.

그래서 그랬을까. 의외로 퇴고에 대해 전해 오는 이야기가 많다. 러시아의 문장가 투르게네프는 글을 3개월 간격으로 퇴고했으며 헤밍웨이는 《노인과 바다》를 200번도 넘게 고쳤다는 것이다. 또한 중국의 문호 구양수와 〈적벽부〉를 쓴 소동파의 방에서는 폐지가 한 삼태기•나 나왔다지 않는가. 대단한 자기 관리요, 엄격한 글쓰기가 아닐 수 없다.

그런 걸 생각하면 꼭 일필휘지••를 부러워할 것도, 자주 퇴고하는 걸 부끄럽게 생각할 일도 아닌 것 같다. 나는 전에 문예지에 작품을 투고해 놓고 나서 여러 차례나 고치겠다고 한 적이 있어 부끄럽게 생각했는데, 폐를 끼친 일은 분명히 반성할 일이나 그 퇴고 행위 자

• **삼태기** 싸리나 짚 따위로 만든 흙이나 거름 따위를 나르는 데에 쓰는 기구.

•• **일필휘지** 붓을 한 번 휘둘러 줄기차게 써 내려감.

체는 크게 흠은 아니었지 싶다. 하지만 작품을 보내기 전에 좀 더 충실하게 퇴고하는 게 백번 좋았을 것이다.

_《수필쓰기 핵심》(2019)

작가 소개

임병식···

1946년 전남 보성에서 출생하였으며 1989년 〈한국수필〉을 통해 등단했다. 여수문인협회 회장과 한국수필작가회 회장을 역임했으며 한국수필가협회 이사로 활동했다. 제21회 한국수필문학상, 제12회 한국문협작가상을 받았다. 현재는 여수시와 순천시, 광양시를 아우르는 '동부수필'을 만들어 지도하고 있다.

첫 작품집 《지난 세월 한 허리를》을 비롯하여 《당신들의 사는 법》《방패연》《아름다운 인연》《그리움》《꽃씨의 꿈》《왕거미집을 보면서》 등을 출간하였다. 수필 작법서로는 《수필쓰기 핵심》이 있다.

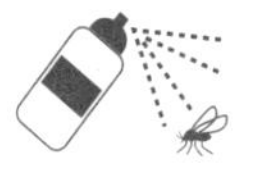

사람에게 가장 위험한 동물

이정모

"사람에게 가장 위험한 동물이 뭘까요?"

이 질문에 초등학교 어린이들의 대답은 다양하다. 사자, 곰, 뱀, 악어처럼 포유류 아니면 파충류 이름을 댄다. 가끔가다가 살아 있는 모습을 결코 본 적이 없는 공룡을 말하다가 친구들의 핀잔을 듣는 아이도 있다. 하지만 중학생 이상의 청중들에게 물으면 답은 하나다. '사람'이 바로 그것. 어찌나 단호한지 정말 사람이 제일 위험한 동물처럼 들린다. 하지만 사람이 사람을 그렇게 나쁘게 보면 되겠는가.

사람에게 가장 위험한 동물은 따로 있다. 날씬한 몸매에 투명한 날개와 털이 덥수룩한 다리, 털이 보송보송한 더듬이, 바늘처럼 기다란 주둥이가 특징인 이것. 몸무게는 기껏해야 2밀리그램. 우리 머리카락 네 가닥 무게쯤 된다. 너무도 작고 연약하여 안쓰러울 정도다. 하지만 이 동물의 이름을 듣는 순간, '아! 정말 싫다.'라는 생각이 절로 든다. 그의 이름은 모기. 그렇다. 사람에게 가장 위험한 동물은 '모기'다. 무려 72만 5,000명이 매년 모기 때문에 죽는다.

사람은 누구나 자연의 소리를 좋아한다. 빗소리와 시냇물 소리에 평화를 느낀다. 새의 노래를 듣고 짜증을 내는 일은 웬만한 사람은 할 수 없다. 곤충의 울음도 좋아한다. 곤충은 목청으로 소리를 내지 않고 날개를 비벼서 소리를 낸다. 보통 짝을 찾기 위한 애절하면서도 간절한 울음이다. 그 간절함이 우리 마음을 움직이는지도 모른다. 그런데 앵 하는 모깃소리를 좋아하는 사람은 아무도 없다. 그 소리는 결코 노랫소리나 짝을 찾는 애달픈 울음으로 들리지 않는다. 사실이다. 모기는 짝을 찾을 때 소리를 내지 않는다. 모기는 피곤한 몸을 뉘고 불을 끄면 사람에게 출동하느라 어쩔 수 없이 소리를 낼 뿐이다. 모깃소리 들리더니 곧 가려움이 몰려오더라는 경험은 온 지구인이 다 해 본 것이다. 모기는 사막과 남북극을 제외한 모든 곳에 산다.

50만 년 전 불을 일상적으로 사용하게 된 직립 원인•은 더운 지방을 떠나 추운 지방으로 이주했다. 먹을 것도 상대적으로 적고 생활도 불편한 추운 지방으로 이주한 가장 큰 이유는 아마도 병균과 벌레 때문이었을 것이다. 불을 피워서 추위만 피할 수 있으면 나머지는 감수할 수 있었다. 그중에서도 모기는 가장 끔찍했다. 생각해 보라. 전기 모기채, 스프레이 살충제, 물파스도 없는 여름밤을 견디기

• 직립 원인 유인원과 현생 인류의 중간 단계로, 직립 보행을 하고 불을 사용했다.

가 얼마나 힘들었겠는가. 모기장은커녕 제대로 된 옷도 없던 시절에 말이다.

곤충을 좋아하는 사람들은 많지만 모기를 좋아하는 사람은 없다. 심지어 모기 연구자들조차 모기가 좋아서 연구하는 것은 아니다. 모기는 번거롭고 성가시고 없으면 정말 딱 좋은 존재다. 사람들은 모기를 몹시도 미워한다. 우리가 모기를 미워하는 이유는 단 한 가지. 우리를 물고 가렵게 하기 때문이다. 가렵지만 않다면 앵 소리에 우리가 그렇게 신경질적인 반응을 보이고 눈에 불을 켜고 모기를 잡을 이유가 없다.

여기에 모기의 비극이 있다. 모기 가운데 아주 일부가 우리 피를 빨아 먹는다. 뭐, 많이 먹는 것도 아니다. 우유 한 방울 정도다. 우리가 밤새 여러 마리의 모기에게 피를 빨린다고 해도 기껏해야 티스푼 하나 정도의 양이니 우리가 보시하는 셈 치면 된다. 게다가 모기가 피를 빠는 이유를 안다면 우리는 참을 수 있다. 바로 모성애다. 오로지 산란기의 암컷만 피를 빨아 먹는다. 자식을 위해 풍부한 영양분이 필요한 것이다. 수컷이나 산란기가 아닌 암컷은 괜히 사람의 피를 빨아 먹으면서 위험을 자초하지 않는다.

모기가 피를 한 번 빠는 데는 무려 8~10초나 걸린다. 이 시간이면 우리가 모기를 잡는 데 충분한 시간이다. 모기의 입장에서 보면 자식을 위해서 정말로 지옥 같은 공포를 견뎌야 한다. 사람의 혈액에는 혈관에 상처가 나면 피를 응고시켜서 굳히는 물질이 있다. 8~10초 동안 주둥이를 사람 혈관에 박고 있으면 그사이에 피가 굳어서 모기는 주둥이를 사람 피부에 박은 채 생을 마감해야 한다. 방패가 있으면 창은 더 정교해져야 하는 법. 모기는 피를 빨아 먹는 동시에 침 속에 혈액 응고 억제 물질인 히루딘을 섞어서 우리 혈관에 주입한다. 우리 몸이라고 가만히 있지는 않는다. 히루딘에 알레르기 반응을 일으키면서 히스타민을 분비한다. 히스타민은 우리를 가렵게 만든다. 그러니까 우리를 가렵게 만드는 물질은 모기에게서 오는 게 아니라 우리 몸에서 나온다는 얘기다. "이봐! 위험한 적이 나타나서 자네를 공격하고 있어. 제발 일어나서 좀 잡으라고." 하는 신호를 보내는 것이다.

우리는 몸의 소리를 들어야 한다. "모기가 물든 말든 가렵지만 않으면 좋겠어."라고 우리 몸이 생각했다면 우리는 지구에 존재하지 못했을 것이다. 가렵기 때문에 모기를 피하려고 추운 곳으로 이주했고 모기를 잡았기 때문에 우리 인류가 아직도 남아 있는 것이다.

지구에는 약 3,500종의 모기가 산다. 이 가운데 478종이 말라리아모기다. 얘네들이 문제다. 얘네들 때문에 대부분 어린아이들인 수십만 명이 매년 목숨을 잃는다.

모기 소리가 들리면 일어나 불을 켜고 벽을 살펴야 한다. 배부른 모기는 멀리 달아나지 못하고 벽에 붙어서 소화를 시키며 쉰다. 그래서 우리가 때려잡은 모기들은 이미 배부른 모기인 경우가 많다. 하지만 이미 늦은 게 아니다. 개네들이 산란하기 전에 막아야 한다. 후세들을 위해서라도 아니 내년을 위해서라도 일단 모기는 잡아야 한다. 그래야 산다. 생명이 있는 모든 것은 아름답다. 모기만 빼고.

참, 사람에게 두 번째로 위험한 동물은 바로 사람이다. 매년 47만 5,000명이 사람에게 목숨을 잃는다. 모기도 앵 하면서 신호를 보내고 우리 몸도 가려움으로 경고를 하는데, 그 나쁜 사람이라고 신호를 안 보내고 우리가 알아차리지 못하겠는가. 단지 그 신호에 오히려 미혹되게 만드는 우리의 탐욕이 우리의 눈을 가릴 뿐이다.

_〈한국일보〉(2016년 6월 28일자)

작가 소개

이정모···

경기도 파주에서 태어나 전남 여천에서 자랐다. 연세대학교 생화학과를 졸업하고 같은 대학교 대학원에서 석사 학위를 받은 뒤, 독일 본 대학교에서 박사 과정을 수료했다. 안양대학교 교수, 서대문자연사박물관 관장을 거쳐 현재는 서울시립과학관의 관장으로 일하고 있다.

지은 책으로《저도 과학은 어렵습니다만》《250만 분의 1》《과학책은 처음입니다만》등이 있다.

삼국 삼색의 식탁 도우미

김경은

공동체 의식이 담긴 가마솥

현대화 과정에서 한국의 부엌과 주방 용품만큼 급격히 변화한 것을 찾기는 쉽지 않다. 최첨단 주방 용품으로 가득 찬 '시스템 주방'이 보편화된 요즘 부엌의 변신만큼 우리 삶의 질을 획기적으로 바꾼 것도 그리 흔하지 않다.

한 예로, 재래식 전통 부엌의 필수품인 가마솥은 이제 농촌에서도 찾아보기가 쉽지 않다. 있다고 하더라도 기껏해야 쇠죽을 끓이거나 허드렛일 용도로 사용될 뿐이다. 농촌 주택의 부엌은 1980년대 이후가 돼서야 변하기 시작했다. 주방 개량 사업을 통상적으로 '아궁이를 뜯어낸다.'라고 했는데, 이는 '가마솥을 없앤다.'라는 뜻이었다. 옛날에는 '새집으로 이사한 뒤 짐을 풀었느냐.'라는 뜻으로 으레

"(가마)솥은 걸었느냐?"라고 물었다. 가마솥은 이를테면 주방 용구의 대표였다는 얘기다. 가마솥은 그만큼 우리 생활과 밀접한 관계를 맺고 있었다. 서로 허물없이 가깝게 지내는 관계를 '한솥밥을 먹는 사이'라고 표현한다. 식구의 범주에 포함시킨 것이다. 가마솥은 밥을 짓고 국을 끓이고 물을 끓이는 단순한 기능 이상의 의미를 갖고 있는 것이다.

가마솥은 우리 조상들의 가족 공동체를 끈끈하게 이어 준 매개체이다. 산업 사회로 접어들기 전에는 농경 사회와 대가족 문화가 정착되어 오면서 훈훈한 인정이 넘치는 사회였다. 의사 전달을 통한 가족 간의 화합과 번성은 바로 가마솥이라는 매개물에 의해서 이루어졌다. 마을 공동체 역시 가마솥으로 만든 음식을 통해 이루어졌다. 가마솥에는 공찬•과 합찬••의 의미가 담겨 있는 것이다. 이 같은 '한솥밥 정신'은 가정에서 벗어나 사회로 연장되어 지역 사회의 화합과 인화••• 증진을 중시하는 합근 문화와 연결되었다. 합근 문화란 먹을 것이 귀한 사람에게 먹을거리를 나눠 주는 공동체 의식에 토대를 두고 있다.

합근 문화로서의 가마솥의 가치를 잘 보여 주는 유물이 바로 태조 왕건이 고려를 창업한 직후 창건한 개태사의 철확鐵鑊이다. 이 가마솥은 개태사에 기거하던 승려와 신도 5백 명의 국을 끓였다고 한다.

• 공찬 함께 식사하는 것.

•• 합찬 큰 그릇에 담긴 음식을 각자의 식사 도구로 직접 덜어 나눠 먹는 것.

••• 인화 여러 사람이 서로 화합함.

지름이 3미터, 높이가 1미터, 두께가 3센티미터라고 하니 철확의 크기를 짐작하고도 남는다. 그 크기에서도 후삼국으로 분열되어 대립하던 한 민족을 하나의 국가로 대통합하려는 의지를 읽을 수 있다.

그 같은 왕건의 정신이 이어진 것인지는 몰라도 일제 강점기에 일본군이 파괴하려 했던 위기를 극복하고 개태사 자리를 굳건히 지킨 철확의 일화가 전해져 내려오고 있다. 일본군이 무기 제작에 쓸 요량으로 철확을 부수려고 할 때 갑자기 천둥 번개가 치고 세찬 소나기가 쏟아지면서 날이 어두워져 일본 병사들이 놀라서 도망갔다고 한다. 그때 일본군이 파손시킨 테두리 부분의 흔적이 아직도 남아 있다.

밥알을 서게 만드는 가마솥

밥을 푸기 전 가마솥에 있는 밥을 꼼꼼히 본 일이 있는가. 그랬다면 밥알이 서 있는 모습을 보면서 매우 신기하게 여겼을 것이다. 왜 이런 '이상한 일'이 일어나는 것일까? 가마솥 뚜껑은 솥 전체 무게의 3분의 1을 차지할 정도로 매우 무겁다. 사용하기에 불편할 정도이다. 하지만 그 무게 속에 조상의 지혜가 숨어 있다.

육중한 솥뚜껑은 솥 안의 공기와 수증기의 외부 유출을 막아 솥 내부의 압력을 급격히 상승시키고 내부 온도가 빨리 올라가게 만든다. 밥도 그만큼 빨리 익는다. 그래야 쌀의 맛과 향이 유지될 수 있다. 보통 솥에 짓는 것보다 영양소 파괴도 훨씬 적다. 또 뜸을 들이는 동안에도 고온 상태가 유지되어 밥이 고르게 익는다. 밥이 고르게 익기 때문에 '삼층밥'이 만들어질 리가 없다.

여기서 우리 조상의 지혜는 한 번 더 발휘된다. 가마솥 뚜껑을 차가운 행주로 여러 번 닦아 주는 게 지혜다. 솥 겉과 속의 온도 차이를 인위적으로 만드는 것이다. 이로 인해 뚜껑 내부에 서린 수증기가 뚜껑을 타고 흘러내린다. 세칭 '눈물'이라고 불리던 흘러내린 수증기는 뚜껑과 솥 사이의 틈을 막아 주게 된다. 결과적으로 솥 내부와 외부를 완전 차단하게 되는 것이다.

밥알을 서게 하는 가장 중요한 이유는 특이한 솥 바닥 구조다. 가마솥 바닥은 둥글면서도 두께가 고르지 않다. 바닥의 한가운데가 가장자리보다 훨씬 두껍고, 가장자리로 갈수록 얇아진다. 더욱이 가마솥 외부의 밑바닥은 마감 처리도 매우 거칠게 되어 있다. 이런 구조는 열의 전도에 영향을 미친다. 가마솥에선 단순한 형태의 대류•와는 다른 복잡한 형태의 열 흐름이 만들어진다. 외부로 탈출이 불가능한 내부 공기는 일종의 혼란 상태에 빠지게 되는 것이다. 이것이 바로 밥알이 선 채로 익는 원인이다.

가마솥은 일본에 지대한 영향을 미쳤고, 지금까지도 영향을 미치고 있다. 가마솥이라는 우리말을 일본어로 사용하고 있는 점도 그 예 중 하나다. 일본어로 가마솥은 '가마'라고 부른다. 질그릇으로 만든 가마솥은 '도카마'라고 한다. 흥미로운 것은 '가마'라는 단어가 '부뚜막'이나 '아궁이'라는 뜻으로도 쓰인다는 점이다. 굳이 가마솥과 구분할 때에는 부뚜막을 '가마토'라고 하기는 하지만 부뚜막에

• 대류 기체나 액체에서 물질이 이동함으로써 열이 전달되는 현상.

걸린 가마솥을 연상하는 데에는 무리가 없어 보인다. 철기 제련 기술이 뛰어났던 신라가 일본에 가마솥 제작 기술과 아궁이 만드는 방법을 함께 전해 주었음을 추정할 수 있는 증거이다.

가마솥의 원리를 과학에 원용한 것도 일본이다. 1965년 미나미 요시타다가 세계 최초로 전기밥솥을 발명하여 1970년대 중반부터 대중화되기 시작했다. 초기의 전기밥솥은 하단에 열판을 깔아 솥 안쪽을 가열하는 방식으로, 단순 취사와 보온이 기능의 전부였다. 밥의 찰기가 부족하고 맛이 없다는 이유 때문에 수요가 크게 늘어나지는 않았다. 이 같은 단점을 보완한 제품이 바로 일본 회사 조지루시가 1980년대에 개발한 전기 압력 밥솥이다. 하지만 전기 압력 밥솥은 밥알이 절대 일어설 수 없다. 바닥 구조가 가마솥과 다르기 때문이다.

음식 문화를 풍부하게 만든 젓가락

인간은 '도구의 동물'이라고 한다. 손으로 물건을 잡을 수 없다면 도구를 활용할 수 없음은 불문가지•이다. 도구의 활용은 뇌의 작용을 활성화시키는 작용을 한다. 14개의 작은 뼈와 64개의 근육과 30여 개의 관절로 움직이는 손을 '외부의 뇌', '제2의 뇌'라고 하는 이유다. 독일의 철학자 임마누엘 칸트는 손을 '눈에 보이는 뇌', 러시아 출신의 미국 시인 조지프 브로드스키는 '정신의 일부'라고 규정했다. 이를 종합하면, 손을 많이 사용하면 사용할수록 두뇌가 젊

• 불문가지 묻지 않아도 알 수 있음.

어지고 좋아진다는 것이다. 손 활동이 뇌세포 활성화와 뇌 혈류 개선에 도움이 된다는 게 과학계의 상식이다.

아마도 일상적 생활 가운데 가장 집중적인 손동작 중 하나가 젓가락질이 아닐까 싶다. 세계 뇌 과학 분야에서 젓가락을 사용하는 민족과 나라에 관심이 높아지는 것도 이를 반증하는 것일지도 모른다.

하지만 생각만큼 젓가락을 사용하는 민족과 나라는 많지 않다. 세계적으로 젓가락을 쓰는 인구는 전 세계 인구의 약 30퍼센트, 15억 명 정도로 추정하고 있다. 한·중·일 삼국뿐 아니라 베트남, 태국 등 일부 동남아시아 국가에서도 모양과 재질은 다르지만 젓가락을 사용한다. 쌀을 주식으로 하는 밥 문화권과 거의 일치한다. 빵 문화권의 식사 도구는 나이프와 포크인데, 그 인구는 30퍼센트가량 된다. 맨손으로 음식을 먹는 인구는 약 40퍼센트로 가장 많다.

젓가락이 사용된 역사는 정확히 알 수 없다. 은나라 때 사용한 청동제 젓가락이 발견된 중국에서는 적어도 청동기 시대부터 사용했을 것으로 짐작하고 있다. 우리나라에서도 벼농사가 전래된 무렵부터 젓가락이 사용됐을 것으로 보고 있다. 일본은 우리보다 몇백 년 뒤진 것으로 알려져 있다.

젓가락을 사용하기 전에는 손가락이 식사 도구였다. 검지를 '식지食指'라고 하는 데에서도 손으로 음식을 집어 먹었음을 짐작할 수 있다. 그러다가 불을 이용한 뜨거운 음식이 등장하면서 손가락을 대신할 식사 도구가 필요했을 것으로 추정된다.

'빵 문화권' 나라들은 '밥 문화권'보다 손으로 음식을 먹는 행위를 훨씬 뒤에까지 이어 왔다. 일반 가정에서 보편적으로 포크와 나이프가 사용된 것은 르네상스 시대에 이르러서였다. 포크 사용을 추정할 수 있는 최초의 기록도 10세기경이다. 동로마 제국 황제 오토 2세의 황후인 테오파누가 포크로 추정되는 도구를 사용한 기록이 남아 있다. 그 이후로도 거의 6백~7백 년 동안 손으로 음식을 집어 먹었다는 기록이나 일화가 있을 뿐 포크나 나이프를 식사 도구로 사용했다는 증거는 거의 없다. 중앙 집권 체제가 자리 잡아 가던 15세기의 서양 식사 예절을 다룬 서적에는 음식을 먹지 않는 손으로 용변 뒤처리를 하고 코를 풀어야 한다고 적혀 있다. 식사 도구인 손의 위생에 대한 설명인데, 여기서도 포크 사용이 대중화되지 못했음을 알 수 있다. 16세기에 이르러서야 이탈리아 상류 사회로 전해졌지만 포크는 궁중에서도 매우 귀한 도구로 여겨졌다. 이 시대의 귀족 사상가 몽테뉴가 음식을 손으로 먹다가 손가락을 깨물었다는 일화가 전해진다.

식사 방식도 하나의 문화다. 문화에 대해 해석하고 주석을 달아보려는 것은 사회학자들의 본능적 행위이다. 일본을 여행하고 난 뒤 《기호의 제국》이라는 명저를 남긴 프랑스의 기호학자 롤랑 바르트는 젓가락과 포크 문화를 관통하는 코드로 '발톱'과 '부리'를 찾아냈다. 서양은 살아 있는 동물을 잡아먹는 맹수(발톱)에, 동양은 곡식을 쪼아 먹는 새(부리)에 비유한 것이다. 포크에서 고기를 뜯어 먹는 모습을, 젓가락에서 밥알을 쪼아 먹는 모습을 연상한 것으로 알려져 있다. 여기서 더 나아가 '포크 문화'는 공격적이고, '젓가락 문화'는 수동적이라고 주석을 단 학자도 있다. 물론 어느 편이 우월하고 어느 편이 열등하다는 의미는 아니다. 우리는 맨손으로 쌈을 싸 먹는데 이를 미개하다거나 원시적이라고 말할 수 없는 것과 같다. 자연에 순응하면서 체득한 식사 방법이기 때문이다. 그럼에도 젓가락이 포크보다 음식 문화를 풍부하게 만든다는 점은 부정할 수 없는 사실이다.

삼국의 젓가락 문화

포크를 사용하는 나라가 어느 나라이든지 그 사용법은 큰 차이가 나지 않는다. 재질도 대동소이하다. 크기도 개인의 취향이나 음식 종류에 따라 다를 뿐 차별성을 발견하기가 쉽지 않다. 하지만 젓가락을 사용하는 동양 삼국은 다르다. 각 나라의 음식 문화에 따라 다른 양상을 보이며 발전해 왔다. 길이와 굵기, 모양과 재질도 다르다. 젓가락을 놓는 방향도 차이가 있다. 이 때문에 젓가락 길이와 굵기를 갖고 동양 삼국의 문화적 특질을 구분하기도 한다. 중국은 길고 굵고, 일본은 가늘고 짧다. 한국은 길이와 굵기가 중국과 일본의 중간쯤 된다. 젓가락 재질도 한국은 쇠, 일본과 중국은 나무를 주로 사용한다.

어떻든 굵기와 길이가 달라진 것은 식사 방법과 음식 재료 때문이다. 중국인은 온 식구가 커다란 둥근 식탁에 둘러앉아 식사를 한다. 멀리 떨어진 음식을 먹기 편리하도록 젓가락 길이를 늘인 것이다. 또 기름기가 많은 음식을 먹기에 불편함이 없도록 끝이 뭉툭하게 처리된 나무젓가락을 사용하여 음식이 미끄러지는 문제를 해결했다.

일본인은 밥그릇을 왼손에 들고 오른손에 쥔 젓가락으로 밥을 먹는다. 식사할 때 젓가락만 사용하다 보니 밥그릇이나 국그릇을 들고 먹게 된 것이다. 거기다가 작은 독상이기 때문에 굳이 젓가락이 길 필요가 없다. 그리고 생선을 발라 먹거나 회를 먹는 데 용이하도록 끝이 뾰족하다.

한국인은 가족이 함께 먹기는 해도 밥상을 따로 차렸기 때문에 중국처럼 젓가락이 길 필요가 없다. 또 중국처럼 기름기 많은 음식도 없고 일본처럼 해산물을 많이 먹지 않으므로 중국처럼 뭉툭하거나 일본처럼 뾰족할 이유가 없었다. 무엇보다 눈길을 끄는 대목은 한국은 금속을 사용해서 젓가락을 만들었다는 점이다. 재질 자체가 미끄러운 쇠젓가락은 나무젓가락이나 사기 젓가락에 비해 사용하기가 어렵다. 또 무게감 때문에 묵과 순두부같이 연한 음식을 집어 먹기가 불편하다. 금속 문화의 발달이 쇠젓가락을 사용한 이유로 알려져 있다. 어떻든 쇠젓가락을 사용할 때에는 절묘한 힘 조절이 필요하지만 재활용이 가능하다는 장점이 있다.

중국과 일본은 보통 나무젓가락을 사용한다. 일본은 삼나무, 중국은 대나무를 애용한다. 중국 통계 당국의 발표에 따르면 중국에서 한 해에 소비되는 나무젓가락 수는 8백억 매•나 된다는 보도가 있었다. 이 보도에 따르면 8백억 매를 한 줄로 연결하면 지구와 달 사이를 21번 왕복할 수 있는 거리라고 한다. 20년생 나무 한 그루로 만

• **매** 젓가락 한 쌍을 세는 단위.

들 수 있는 일회용 젓가락이 4천 개 정도라 하니, 중국인이 소비하는 나무젓가락을 충당하기 위해서는 연간 2천만 그루의 나무를 베어 내야 하는 셈이다.

일본 역시 젓가락을 만드는 데 사용되는 나무가 만만치 않다. 특히 일본은 손님을 대접할 때 일회용 나무젓가락을 내놓는 게 보통이다. 한 보도에 따르면 2005년 한 해 동안 사용된 젓가락이 대략 262억 매이며 한 사람당 연간 205개를 사용했다고 한다. 이는 2층 목조 건물을 1만 채 건립할 수 있는 양이라고 한다.

중국과 일본에도 젓가락 장단이 있을까?

한·중·일 문화를 비교하면서 가장 먼저 떠오른 의문이 '중국이나 일본에도 젓가락 장단이 있을까'라는 것이었다. 한국도 이젠 젓가락 장단을 맞추며 노래하는 일은 거의 사라졌지만, 어떻든 젓가락 장단은 한국인이 즐기던 독특한 놀이였다.

민족적으로 독특한 '습관'이 '창작의 원천'이 되는 사례를 흔히 본다. 한국의 성공한 문화 상품이 된 '난타'도 그중 하나다. 4백만 명 이상의 외국인이 난타 전용 극장을 다녀갔다고 한다. 난타에선 온갖 식사 도구가 리듬 악기로 사용된다. 국자로 음식물 쓰레기통을 두드리고 칼로 도마를 두드리는데, 여기서 나오는 리듬은 신명 그 자체다. 이보다 더 훌륭하게 감정을 표현할 수 있는 '악기'가 있을까. 리듬 악기가 발달된 나라는 한이 많은 나라라고 한다. 우리 조상들은 젓가락 장단을 맞추면서 삶의 애환을 달래고 감정의 카타르시스를 느낀 것은 아닐까. 어쩌면 난타의 발상은 젓가락 장단에서 나온 것인지도 모른다. 젓가락 장단이 한국의 드럼 연주로 바뀐 것이 아닐까 싶다.

젓가락 장단은 한국만의 유일한 풍속은 아니다. 러시아에는 〈젓가락 행진곡〉이 있다. 필리핀 사람들도 젓가락 장단에 맞춰 노래 부르길 좋아한다. 하지만 중국은 젓가락으로 밥그릇을 치는 행위를 매우 예의 없는 천박한 행동으로 여긴다. 더욱이 젓가락으로 장단을 맞춘다는 것은 있을 수 없는 일이다. 중국에서는 예법으로 젓가락 장단을 금지하고 있다. 젓가락 사용 예법으로 통하는 '젓가락 6계명'에 '젓가락을 두드리면 안 된다' '젓가락 춤을 추어서는 안 된다'라고 '금지령'을 적시하고 있다. 젓가락을 두드리거나 젓가락을 들고 추는 춤이 마치 거지가 구걸할 때 밥통을 수저로 두드리고 추는 춤과 유사하기 때문이라고 한다. 이 때문에 식탁에서 수저를 두드리는 행위를 하면 '한국의 품바' 취급을 받기 십상이다. 심지어 젓가락을 사발 위에 올려놓는 것을 절대적으로 피한다. 손님에 대한 무례한 행위로 여기기 때문이다. 만일 손님이 그런 행위를 했다면 주인의 대접이 소홀했다는 불만을 표시한 것으로 해석한다.

일본도 마찬가지다. 젓가락을 높이 들거나 하는 행동에 깜짝깜짝 놀란다. 젓가락으로 상을 치며 노래를 부르는 것은 일본인으로서는 상상할 수 없는 일이다. 일본인이 함께한 자리에서 젓가락으로 장단을 맞춘다면 '몰상식한 사람'으로 취급받을 각오를 해야 한다. 일본엔 "그릇을 두드리면 귀신이 나온다."라는 말이 있다. 가난하게 살던 시절 배고픈 아이들이 그릇이나 상을 두드리면서 밥을 달라고 투정을 부린 데에서 유래된 금기다.

몸과 조상이 되는 젓가락

한·중·일 삼국 문화의 공통분모를 말할 때 대표적인 예로 소개되는 것이 한자, 불교와 유교, 쌀, 젓가락 등이다. 젓가락을 통해 한·중·일 삼국은 자연스럽게 문화적 소통과 연대를 통해 하나의 문화권을 형성했다. 젓가락은 삼국의 문화를 비교할 때 '문법'이거나 '코드'로 인식되어 왔다. 코드와 문법이란 무엇인가. 사전적 의미는 언어의 구성 및 운용상의 규칙을 말한다. 아무런 생각 없이 말한 것일지라도 서로가 알아듣는 데 어려움이 없도록 만드는 무엇이다. 몸에 밴 공유 의식 없이는 나올 수 없는 것이다. 그래서 젓가락은 삼국의 국민성을 드러내는 도구로 인식되어 온 것이다.

한국인은 젓가락을 몸의 일부로 여겼다. 언어학자 겸 소설가인 고종석은 "'가락'은 가늘고 길게 도막 낸 물건의 낱개를 의미하며, 동사 '가르다'의 어근 '갈'에 접미사 '-악'이 붙어 만든 명사."라고 설명했다. 손가락, 발가락, 머리카락과 같이 '가락'이라는 접미사가 붙은 단어 모두가 공교롭게도 신체의 끄트머리에 있다. 여기서 젓가락과 숟가락이라는 식사 도구를 신체의 일부로 연상하여 여겼음을 유추할 수 있다. 이어령은 "옷을 피부의 일부로 여긴 것처럼 젓가락과 숟가락을 손의 일부분으로 생각했다."라고 주장했다.

몸과 생명은 아무리 부모로부터 얻은 것이라 하더라도 부모에게

서 분리 독립된 개별적 존재이다. 독립된 존재에 부속된 도구인 수저를 공유하거나 함께 사용할 수 없는 것은 당연하다. 이 때문에 집단주의적 성향이 유난히 강하고 가족 공동체 의식을 최우선으로 여기는 한국인은 숟가락과 젓가락은 내 것, 네 것을 엄연히 구분해서 사용했다. 적어도 수저는 가족 소유가 아니라 개인 물품이다. 옷이나 화장품과 같은 것을 형제자매가 함께 사용하는 것과는 상당히 차이가 난다. '수저를 놓았다'라는 관용 표현 역시 숟가락과 젓가락은 가족보다 개별적 인격체임을 보여 주는 예이다. '수저를 놓았다'는 곧 죽음을 의미하기 때문이다.

일본은 수저의 소유권을 한국보다 더 뚜렷하게 구분하는 게 특징이다. 성별에 따라 젓가락 색깔도 구분한다. 남편은 검은색, 부인은 빨간색을 주로 사용한다. 제사를 지낼 때는 반드시 흰색을 쓴다. 흰색에 존경의 의미가 담겨 있다고 생각하기 때문이다.

한국인과 일본인이 수저를 대하는 태도가 신체학상 그르지 않다는 사실이 미국의 뇌 과학자 샌드라와 매슈 브레이크슬리 모자에 의해서도 어느 정도 확인되었다. 두 사람은 신체와 그 주변과 뇌의 연계 작용을 연구해서 출판한 《뇌 속의 신체지도》라는 저서를 통해 "뇌 속 지도에서는 자신이 사용하는 도구나 연장을 신체 일부로 인식한다."라면서 "젓가락으로 반찬을 집을 때, 야구방망이를 휘두를 때 뇌가 인지하는 몸은 도구를 포함해 일시적으로 넓어진다."라고 주장했다.

중국인에게 젓가락은 공동 식사와 가족 질서를 의미한다. 이 때문에 중국인은 젓가락을 당연한 공유의 물품으로 여긴다. 결코 개인별로 소유하지 않는다. 적어도 수저에 관한 한 가족의 공유 의식이 한국과 일본보다 강하게 나타난다고 할 수 있다.

중국인은 젓가락을 조상과도 연계시킨다. 조상 중 한 분이 호상•을 맞았을 때 붉은 젓가락을 사용해 장사를 지낸다. 죽은 사람 덕분에 장수하고 재해를 막을 수 있다고 여기기 때문이다. 우리나라 사람들이 문 앞에 북어와 실타래를 묶어 놓듯이 중국인은 지붕의 한 귀퉁이에 조상이 쓰던 젓가락을 엇갈려 걸어 놓고 이를 '조상신'으로 여긴다. 한국인이 젓가락을 신체의 일부로 여겼다면 중국인은 젓가락으로 조상의 몸을 대신하는 셈이다. 조상의 젓가락이 후손의 안녕을 지키는 도구로 사용된 것이다.

중국에서는 젓가락이 불행을 예방하고 복을 부르는 길상지물이기도 하다. 그만큼 소중하고 귀하게 여긴다. 이 때문에 좋고 비싼 젓가락을 중요한 행사의 선물로 자주 이용한다. 한 예로 화려한 결혼식으로 세간의 입에 오르내린 대만의 최대 여행사 텐시天喜 사장 궈정시와 일본의 온천 부호로 유명한 신다코 쇼코의 결혼식 때 하객들이 받은 선물이 바로 고급 젓가락이었다. 상서로운 기물인 만큼 젓가락이 부정 타지 않도록 각별히 조심하는 게 중국의 풍속이다. 이를테면 길이가 다르거나 짝이 맞지 않는 젓가락을 사용하는 것을 금기시한다.

—《한·중·일 밥상문화》(2013)

• 호상 복을 누리고 오래 산 사람의 죽음.

작가 소개

김경은···

서울시립대학교를 졸업 후 기자로서 영남일보에서 잔뼈가 굵었다. 경향신문사에서 발행하는 시사 주간지 〈주간경향〉을 거쳐 현재 경향신문 기획 위원으로 일하고 있다. 〈주간경향〉에서 1년간 한국 농수산물 이용 캠페인인 '한국 음식과 한류'를 1년간 연재한 게 음식에 대한 관심을 갖게 된 계기가 됐다. KBS 제1라디오 뉴스 프로그램인 〈라디오 24시: 유애리입니다〉에 1년 7개월 동안 일주일에 두 차례씩 출연, 뉴스 브리핑을 했다.

지은 책으로《경복궁 타령》(공저)과《한·중·일 밥상문화》가 있다.

서로 돕는 사회

최재천

많은 생물학자들이 찰스 다윈 이래로 경쟁에 대한 연구에 초점을 맞추어 왔습니다. 자연계에서는 서로 돕는 모습보다 서로 으르렁거리는 모습이 훨씬 더 눈에 많이 띄죠. 하지만 늑대 두 마리가 먹을 것을 놓고 서로 으르렁거리는 모습이 경쟁의 전부일까요? 1970년대 말 미국의 어느 여류 생태학자가 생물학자들의 연구 주제들에 대한 통계를 내 보았습니다. 재미있게도 남성 생물학자들은 거의 절대 다수가 동물이나 식물의 경쟁 관계에 대해 많이 연구하고 있었고, 서로 돕는 관계, 즉 공생mutualism에 대한 연구를 하는 사람은 매우 적었습니다. 정말 흥미롭게도 공생 연구의 거의 대부분은 여성 생물학자들이 하고 있었습니다.

자연계에서 살아남기 위해 반드시 남을 꺾어야 하는 것은 아닙니다. 남과 손을 잡음으로써 같이 살아갈 수 있습니다. 남과 손을 잡기 싫어하는 것들은 소멸하고, 남과 손을 잡은 동물과 식물들은 오늘날까지 살아남았습니다. 지난 20년 동안 많은 학자들이 공생, 그중에서도 상리 공생에 대해 연구했습니다. 그리고 굉장히 많은 생물들이 서로 도운 덕에 오늘날까지 살아남았음을 알게 되었죠.

초원에 말이나 소가 걸어가면 옆에 종종 새들이 따라다닙니다. 큰 동물이 걸어갈 때 발에 채여 튀어 오르는 곤충들을 잡아먹으려 따라다니는 새들이지요. 이런 경우 새들이 큰 동물에게 어떤 이득을 주는지는 아직 잘 모릅니다. 이처럼 한쪽에게는 아무런 이득도 손해도 없고 다른 한쪽만 이득을 취하는 관계를 편리 공생commensalism이라고 하지요.

아프리카 초원에는 혹돼지라고 부르는 멧돼지가 있습니다. 얼굴에 사마귀 같은 혹이 나서 붙인 이름인데, 디즈니 만화 영화 〈라이온 킹〉에 나오는 품바가 바로 이 동물입니다. 이 멧돼지를 비롯한 아프리카의 많은 큰 동물들의 몸에는 새들이 들러붙어 삽니다. 때로는 열 마리 정도가 들러붙어 있습니다. 매우 귀찮아할 것 같지만 멧돼지나 다른 큰 동물들은 이 새들을 아주 좋아합니다. 이 새들이 몸에 붙은 기생충들을 다 잡아 주기 때문이죠. 오랫동안 우리 생물학자들이 전형적인 상리 공생의 예로 들던 경우입니다. 그런데 최근 유럽의 생물학자들의 관찰에 따르면 이 새들이 때로는 야비해지기도 한답니다. 큰 동물의 몸 어딘가에 상처가 나면 그곳을 집중적으로 공략하여 피를 빨아 먹는다는 겁니다. 큰 동물들이 걸어갈 때 그 주변에서 곤충을 잡아먹는 경우가 명확하게 편리 공생인지, 그리고 큰 동물의 몸에서 기생충을 잡아먹는 새들이 진정한 의미의 상리 공생자인지는 좀 더 면밀한 관찰이 필요합니다.

바닷속에 들어가면 재미있는 상리 공생의 예가 아주 많습니다. 요즘엔 수족관에서도 종종 볼 수 있는데, 큰 물고기 입속에 작은 물고기가 들어앉아 있는 경우가 있습니다. 큰 물고기가 작은 물고기를 잡아먹기는커녕 어디라도 다칠세라 입을 있는 대로 크게 벌리고 있습니다. 작은 물고기가 큰 물고기의 입안을 청소하고 있는 겁니다. 이 청소하는 물고기들은 제각기 자기 영역을 갖고 있습니다. 이를테면 가게를 차려 놓고 기다리다가 큰 물고기가 다가오면 춤을 추며 마중을 나갑니다. 큰 물고기가 고객인 셈이죠. 고객은 가게 주인의 독특한 춤을 보고 '아, 나 저놈 알아.' 하며 입을 벌려 구강 청소를 받고 갑니다. 한쪽은 먹을 걸 얻고, 다른 한쪽은 몸이 깨끗해지므로 둘이 상리 공생을 하는 것입니다. 이들이 춤을 추면서 서로를 확인하는 과정이 꽤 긴데요, 거기에는 다 그럴 만한 이유가 있습니다. 이 사회에 아주 못된 악덕 청소업자들이 있기 때문입니다.

청소부 물고기와 아주 유사하게 생겨서 언뜻 보면 구분하기 어려운 물고기들이 있습니다. 춤도 비슷하게 추지요. 진짜 청소부는 입 모양이 붕어 입처럼 생겼는데, 이 가짜는 상어 입처럼 생긴 입을 가졌고 굉장히 날카로운 이빨을 가지고 있습니다. 고객에게 서비스하는 척 다가가서는 살점을 떼어 먹고 달아나지요. 그래서 이들한테 당하지 않으려고, 입속을 청소해 줄 진짜 청소부인가 아닌가를 춤을 통해 확인하는 과정이 진화한 것이지요. 서로 돕고 살고 싶어도 어느 사회에나 늘 그것을 악용하는 무리들이 있기에 쉽지 않은 듯 합니다.

말미잘 속에 숨어 사는 물고기들이 있습니다. 말미잘은 여러 가닥의 발을 이용해 작은 플랑크톤 같은 것을 잡아먹습니다. 그 안에 들어가 있으면 잡아먹힐 것 같은데, 밥이 되지 않고 오히려 보호를 받으며 삽니다. 지금까지 이렇게 말미잘과 물고기의 관계는 상리 공생의 대표적인 예로 알려져 왔습니다. 그런데 이 관계에도 최근 좀 다른 의견이 발표되었습니다. 이스라엘의 한 연구팀이 이들 관계가 상리 공생이 아닐 수 있다는 문제를 제기한 것이죠. 이 물고기들은 말미잘이 자신을 인식하지 못하게 하는 어떤 분비 물질을 만들어 제 몸에 바른다는 것입니다. 화학적인 의사소통을 막는 거죠. 말미잘은 촉각뿐 아니라 화학적인 의사소통을 하는데, 이 물고기들이 먹이일 수 있다는 걸 원천적으로 봉쇄하므로, 모르고 같이 살 수도 있다는 것입니다. 사람의 눈에는 붙어 있는 것처럼 보이지만 말미잘의 촉각에는 느낌이 전달되지 않는다는 것이죠. 따라서 이 경우도 앞으로 좀 더 연구가 이루어져야 상리 공생인지 편리 공생인지 정확히 알 수 있을 것 같습니다.

사람이 소를 기르는 것도 공생에 속합니다. 사람이 소를 보호해 주고 먹여 주는 대신 소는 사람에게 우유를 줍니다. 동물 사회에서도 이런 공생 관계를 볼 수 있습니다. 개미와 진딧물의 관계를 보면, 개미는 진딧물을 보호해 줍니다. 그리고 진딧물은 개미에게 단물을 제공합니다. 진딧물만이 개미의 가축은 아닙니다. 개미는 꽤 여러 종류의 가축을 기릅니다. 개미가 이들을 기르는 방법도 사람과 유사합니다. 목동이 양떼를 몰고 나가듯이 아침이 되면 개미들은 기르는 곤충들을 몰고 올라가서 좋은 잎에다 풀어놓고 보호하다가 저녁때가 되면 다 몰고 집으로 돌아옵니다. 우리가 외양간에서 가축을 묶어 기르듯이 곤충들을 아예 굴속에 데려다 키우며 먹이는 개미들도 있습니다. 깍지벌레들을 주로 외양간에 넣어 기르지요.

말벌도 다른 곤충들과 공생을 합니다. 제가 코스타리카 열대림에서 연구한 멸구 종류의 곤충은 개미의 보호를 받는 것보다 말벌의 보호를 받는 것을 더 좋아합니다. 개미에게는 적은 양의 단물을 주지만 말벌에게는 많은 양의 단물을 제공합니다. 말벌이 개미보다 더 잘 지켜 주기 때문일 겁니다. 말벌은 또 뿔매미도 기릅니다. 뿔매미 어미 중에는 먼저 부화한 새끼들을 말벌에게 맡기고 다시 알을 낳는 것들도 있습니다. 그러면 훨씬 많은 알을 낳을 수 있지요.

흰개미는 주로 나무를 갉아 먹고 삽니다. 옛날 건축물, 특히 사찰 등의 목재 기둥을 흰개미가 공격하기 시작하면 수수깡처럼 변할 수 있지요. 그래서 미국에서는 오래전부터 흰개미가 큰 골칫거리였습니다. 많은 주택이 흰개미들로 인해 엄청난 피해를 겪고 있지요. 흰개미는 개미와는 전혀 다른 곤충입니다. 그런데 이 흰개미가 먹는 나무는 사실 소화하기 굉장히 힘든 물질로 이루어져 있습니다. 식물 세포는 세포막 밖에 세포벽을 따로 갖고 있습니다. 그 세포벽은 리그닌lignin이라는 아주 독특한 물질로 이루어져 있는데, 이 물질의 주

성분이 셀룰로스cellulose입니다. 셀룰로스는 소화가 안 되므로 소화를 시켜 줄 수 있는 미생물이 필요하지요. 흰개미들의 장을 열어 보면 원생동물이나 박테리아들이 들어 있습니다. 흰개미가 먹을 것과 집을 제공하고, 대신 이들은 흰개미가 소화하지 못하는 셀룰로스를 분해하여 이용할 수 있게끔 만들어 줍니다. 흰개미는 이들이 없으면 생존할 수 없습니다.

그런데 흰개미는 곤충이어서 탈피를 합니다. 탈피란 껍질을 홀딱 벗는 것을 말하는데, 껍질을 벗는다는 건 일반적으로 생각하듯 겉만 벗는 게 아닙니다. 곤충이나 우리 인간의 몸은 사실 튜브 형태의 몸입니다. 안팎이 서로 연결되어 있죠. 식도에서 위, 작은창자에서 항문을 통해 몸 밖으로 나가는 장 속은 사실 몸 바깥입니다. 몸 안이 아니죠. 우리 몸에 강물이 하나 흐르는 거라고 생각하면 됩니다. 영양을 섭취한다는 것은 그 강물에 낚싯대를 드리우고 영양소를 낚아 올리는 것이죠. 이 강물이 오염되면 병에 걸립니다. 그러니 이 강에 좋은 것을 흘려 보내야 오래도록 병 없이 살 수 있는 것입니다.

흰개미가 탈피를 하면 겉만 벗는 것이 아니고 장이 있는 속까지 벗습니다. 그러다 보니 장 속에 있던 미생물도 한꺼번에 다 잃습니다. 그래서 이것을 흰개미들이 모여 사는 가장 유력한 근거라고 보기도 합니다. 탈피한 경우 미생물을 다시 얻기 위해서 모여 살아야 한다는 거죠. 동료들 그리고 엄마, 아빠와도 같이 있어야 재충전이 가능하다는 것입니다. 이럴 정도로 이들의 관계는 아주 끈끈합니다. 하지만 이 점도 최근의 연구에 따르면 좀 달라지고 있습니다. 흰개미가 탈피를 해도 장 속의 미생물들을 모두 잃는 것은 아닐 것이라는 연구 결과가 보고되었습니다.

그런데 셀룰로스를 분해하는 미생물은 흰개미의 장 속에만 있는 게 아니라 초식 동물의 몸속에는 거의 다 있습니다. 소의 몸 안에도 이런 미생물이 있어서, 풀이 들어오면 식물 세포의 세포벽을 끊어 주지요. 요즘 이구아나를 애완용으로 기르는 사람들이 종종 있는데, 이놈이 생긴 것은 흉측해도 식물을 먹고 삽니다. 그러다 보니 그들의 장 속에도 미생물이 있습니다. 아마 대부분의 초식 동물들은 만일 장 속의 미생물을 잃어버린다면 살기 불편해질 것입니다.

잘 알려진 것처럼 산호는 동물입니다. 그래서 산호는 광합성을 할 수 없지요. 그런데 그 산호의 몸 안에 사는 조류가 있습니다. 산호는 이들 조류에게 살 집과 필요한 영양소를 공급해 주고, 이 조류들은 광합성을 해서 산호에게 산소를 공급해 주지요. 만약 이런 조류들이 다 빠져나가면 산호는 죽게 됩니다. 그런데 요즘 이런 공생 관계에 문제가 생기고 있습니다. 산호의 몸에서 조류들이 빠져나가는 현상이 벌어지고 있지요. 이른바 백화 현상입니다. 조류가 빠져나가면서 푸른색이 사라지고 하얗게 변하는 것이죠. 대단히 심각한 생태 재앙입니다.

뭐니 뭐니 해도 가장 대표적인 공생은 곤충과 같은 동물과 꽃을 피우는 식물, 즉 현화식물의 공생일 겁니다. 곤충을 비롯한 몇몇 동물들은 꽃을 찾아다니며 꽃가루받이를 합니다. 호박벌이 꽃 위에서 꿀을 빠는 장면을 생각해 봅시다. 식물은 번식을 위해 속되게 표현하면 생식기를 세상에 쫙 펼쳐 놓고 삽니다. 꽃은 다름 아니라 식물의 성기지요. 동물들을 유혹하여 자신의 번식에 이용합니다. 꿀을 주면서 동물의 몸에 꽃가루를 붙입니다. "나 대신 내 여자 친구를 만나 줘." 하는 꼴이죠. 어떻게 보면 식물은 움직여 다니지 못하기 때문에 나름대로 기발한 방식으로 성생활을 하는 것입니다.

그런데 곤충이 찾아가는 꽃들은 우리가 즐기는 장미와 같이 붉은색 계통이 아니라 주로 노란색이나 보라색을 띠는 꽃들입니다. 곤충은 우리가 볼 수 있는 빨간색을 보지 못합니다. 그들의 가시광선 범위는 붉은색을 포함하지 않는 대신 자외선 쪽으로 더 확대되어 있지요. 그래서 실험실에서 곤충을 관찰할 때면 붉은 등을 씁니다. 대신 곤충은 자외선을 볼 수 있습니다. 우리 눈으로는 곤충이 노란색 꽃을 찾는 것처럼 보이지만 실상은 그 노란 꽃에서 반사되는 자외선을 보고 찾아가는 겁니다. 자외선이 그리는 패턴의 중심에 꿀샘이 있습니다. 벌이 내려앉아서 혀를 그 자외선 패턴 한가운데로 넣기만 하면 꿀이 쭉 빨려 올라옵니다. 꽃은 그 과정에서 꽃가루를 곤충의 몸에 붙여 주지요.

나방도 꽃가루받이를 합니다. 박각시나방은 꽃 앞에서 나는 상태로 대롱처럼 생긴 혀를 꽃 속에 집어넣고 꿀을 빨아 먹습니다. 박각시나방이 붕붕거리며 날면 그 진동에 의해 수술에서 꽃가루가 떨어져 나방의 머리와 몸에 붙습니다. 나방이나 나비가 찾는 꽃들의 특징은 화관이 길다는 겁니다. 화관이 길다 보니 그 밑에 들어 있는 꿀을 빨기 위해서는 긴 대롱 같은 입이 필요합니다. 그렇지 않고는 꿀을 빨 수가 없죠. 나비나 나방같이 혀가 대롱처럼 길게 발달한 곤충들만 그런 꽃에서 꿀을 얻을 수 있습니다. 벌들은 그런 꽃에서는 꿀을 얻을 수가 없죠. 이렇게 화관이 긴 꽃들은 나비와 나방의 대롱에 맞게끔 진화하고 나비와 나방 역시 화관의 길이에 맞게 진화한 것입니다. 이렇게 서로에게 맞추면서 진화한 경우를 공진화coevolution라고 합니다.

공진화에 대한 흥미로운 일화가 있습니다. 이미 19세기에 다윈은 화관이 특별히 긴 나리꽃의 꽃가루받이의 현장을 목격한 사람이 아무도 없던 상황에서 혀가 대롱처럼 아주 긴 나방이 꽃가루받이를 해 줄 거라는 예측을 내놓았지요. 대롱처럼 생긴 나방의 혀 길이가 화관의 길이와 같을 것이라고 말입니다. 꽤 오랜 시간이 흐른 뒤 이 나리꽃을 찾는 나방을 잡아 혀의 길이를 재 보니 화관의 길이와 정말 딱 들어맞았습니다. 다윈의 예언이 정확히 맞아떨어진 것이죠. 돗자리를 펴고 예언하는 점쟁이의 예언과는 다른 예언이지만 말입니다.

새들 중에도 꽃가루받이를 돕는 것들이 있습니다. 벌새는 우리나라 박각시나방과 흡사한 방식으로 꽃가루받이를 돕습니다. 꽃 앞에서 날갯짓을 하는 동안 머리나 부리에 꽃가루가 떨어지고 그런 다음 다른 꽃을 찾아가 꽃가루받이를 시켜 줍니다. 곤충과 다르게 새들은 주로 붉은색 꽃을 찾아갑니다. 척추동물은 붉은색을 볼 수 있습니다. 대체로 꽃의 색만 보고 찾아오는 곤충과는 달리 새들은 꽃을 떠받치고 있는 이파리가 붉은색을 띠는 경우에도 찾아옵니다. 반면 흰색은 새들이 별로 좋아하는 색이 아닙니다. 그런데 벌새는 이파리에

흰색 반점만 있는데도 날아옵니다. 그 이유를 확인해 보니 이 이파리 뒷면이 붉은색을 띠고 있더라는 겁니다. 이런 벌새들은 잎의 뒷면을 확인하면서 다닙니다.

박쥐가 꽃가루받이를 해 주는 꽃들은 대개 큼지막하고 색깔이 없는 대신 꿀을 많이 주는 특징을 갖고 있습니다. 박쥐는 곤충에 비하면 몸집이 훨씬 큰 동물입니다. 그러다 보니 꿀을 많이 주지 않으면 안 됩니다. 박쥐를 끌어들이기 위해서는 멀리까지 냄새를 풍겨야 하므로, 이 꽃들은 대체로 냄새가 아주 지독합니다.

식물은 동물의 몸을 빌려 꽃가루받이만 하는 게 아니라 열매를 맺고 씨를 퍼뜨리는 과정에서도 동물의 도움을 받는 것들이 많습니다. 우리가 먹는 맛있는 사과나 배 등의 과일은 동물에게 '나를 먹고 그 씨를 어디 먼 곳에 퍼뜨려 달라.'라고 요청하는 식물의 노력의 결과입니다. 우리는 그중에서 특별히 맛있는 것들을 골라 과수•로 기르는 것이죠. 우리 인간이 고르지 않은 것 가운데 보기에는 굉장히 탐스럽게 생겼는데 먹으면 설사를 하는 것들이 많습니다. 설사하는 이유가 있습니다. 먹은 다음에 너무 오랫동안 씨가 배 속에 있으면 상할 수도 있겠죠. 그래서 이런 식물들은 열매에 설사를 일으키는 물질을 넣어 먹을 땐 맛있게 먹게 하고 조금 시간이 흐른 후에는 갑자기 뒤가 마렵게 하는 것입니다. 빨리 설사를 하게끔 해서 그 동물의 배설물을 자양분 삼아 씨앗이 자라게 하는 것이죠.

언젠가 베트남에 갔을 때 아주 큰 넝쿨나무를 보았는데 그 씨가

• **과수** 열매를 얻기 위해 가꾸는 나무.

보통 큰 것이 아니었습니다. 그런데 그 열매는 동물의 몸을 통과해야만 발화가 된답니다. 그냥 심어서는 절대로 싹이 나오지 않습니다. 동물의 몸을 통과하면서 위나 장에서 시달려야 껍질이 쪼개지면서 싹이 틀 수 있게 된다는 겁니다. 그 씨가 어찌나 큰지 도대체 누가 먹고 옮겨 줄 수 있을지 상상이 가지 않았습니다.

여러 해 전에 댄 잰슨Dan Janzen이라는 유명한 열대생물학자가 한 가지 이론을 제안했습니다. '중생대에 공룡같이 큰 동물이 이 같은 큰 열매를 먹고 씨를 옮겨 줬을 것'이라는 거죠. 그는 자신의 가설을 검증하려고 연구소에서 기르는 당나귀에게 그 열매를 먹였습니다. 그런데 열매를 먹은 당나귀가 배설을 하기 어려워하더랍니다. 일이 이렇게 되니 이번엔 자신이 직접 먹은 다음 씨를 받아서 심었습니다. 참 대단한 사람이지요. 그는 이 '냄새나는' 연구로 기가 막힌 논문을 발표했습니다. 그런데 우습게도 이 양반이 스무 알을 먹었는데 씨는 열아홉 개밖에 안 나왔다는군요. 그 큰 씨 한 개가 도대체 어디로 사라진 걸까요?

개미도 씨를 옮겨 주는 동물입니다. 개미가 씨를 옮겨 줘야만 사는 식물들이 여럿 있지요. 우리나라에 사는 애기똥풀도 이런 식물입니다. 개미는 애기똥풀의 씨를 가져다가 일레이오좀elaiosome이라는 영양분이 붙은 부분만 뜯어먹고 집 앞 텃밭에 뿌립니다. 열대 아카시아 나무 속에 집을 짓고 사는 수도머멕스Pseudomyrmex라는 개미가 있지요. 이들은 아카시아 나무의 가시를 비우고 그 속에 들어가서 삽니다. 아카시아는 개미에게 집만 제공하는 것이 아니라 꽃밖꿀샘에서 단물도 주고 이파리 끝에는 뮬러체müllerian body라는 개미를 위해 특별히 만든 먹이도 분비합니다. 단물에는 기본적으로 탄수화물이 들어 있지만 뮬러체의 성분을 분석해 보니 그곳에는 동물성 단백질이 들어 있었습니다. 식물이 동물성 단백질을 만들어서 개미에게 제공하는 겁니다. 어떻게? 왜? 어떻게 그럴 수 있는지는 아직 모릅니다. 하지만 왜 그러는지는 잘 알지요. 개미가 식물성보다는 동물성 단백질을 좋아하기 때문이지요. 개미는 이 모든 걸 제공받는 대가로 아카시아 나무를 모든 초식 동물은 물론 근처에 사는 다른 경쟁 식물로부터 보호해 줍니다.

우리에게는 공존의 지혜가 조금 부족한 듯합니다. 우리는 우리의 잇속대로 나무를 마구 잘라내고 동물을 죽이면서 스스로 환경의 위기를 자초하며 살아가고 있습니다. 이런 면에서 개미를 비롯한 여러 동물에게서 삶의 지혜를 배워야 합니다. 이들이 진화의 역사에서 오래도록 살아남을 수 있었던 것은 공존의 지혜를 터득했기 때문입니다. 함께 살지 않으면 모두 멸망하고 맙니다. 우리 인간만 독불장군처럼 영원히 살 수는 없지요. 남을 배려해야만 우리도 사는 것입니다.

—《최재천의 인간과 동물》(2007)

작가 소개

최재천 • • •

서울대학교 동물학과를 졸업하고 하버드대학교에서 박사 학위를 받은 후 하버드대학교 전임 강사, 미시건대학교 조교수를 역임했다. 사회생물학을 창시한 에드워드 윌슨 교수의 지도 아래 10여 년간 열대를 누비며 동물행동학을 공부했다. 서울대학교 생명과학부 교수를 역임하였으며, 현재 이화여자대학교 에코과학부 석좌 교수로 재직 중이다.

《개미제국의 발견》《생명이 있는 것은 다 아름답다》《통섭의 식탁》《과학자의 서재》《다르면 다를수록》 등을 썼으며 대한민국과학문화상, 한일국제환경상, 올해의 여성운동상, 대한민국과학기술훈장 등을 받았다.

우리나라 최고의 어업 전진 기지

전국사회과교과연구회

해류가 만나 빚어낸 황금 어장

우리나라에서 가장 작은 마을, 독도리의 이장님 김성도 할아버지는 오늘도 푸른 독도 바다 위에 태극기를 휘날리며 고기잡이를 하러 가신다. 우리는 독도처럼 다양한 어종이 풍부하게 분포하고 있는 곳을 '황금 어장'이라고 부른다. 독도에는 어떻게 해서 이런 황금 어장이 만들어질 수 있었던 것일까? 그 답은 독도 주변을 흐르는 해류에서 찾을 수 있다.

세계적인 어장으로 유명한 북서태평양, 북동태평양, 북서대서양은 모두 한류와 난류가 만나는 곳으로 조경 수역潮境水域을 형성하고 있다. 마찬가지로 독도 주변에서도 쿠로시오 해류의 지류인 따뜻한 동한 난류 및 대마 난류와 쿠릴 해류의 지류인 차가운 북한 한류가 만난다. 단순하게 생각하면 한류와 난류가 만나는 곳은 한류성 어족과 난류성 어족이 모두 모이는 곳이기 때문에 다양한 어족 자원이 분포하는 것이다. 독도 주변 바다에서는 대구, 명태 등의 한류성 어족과 꽁치, 오징어 등의 난류성 어족이 모두 서식하고 있다.

한류와 난류가 만나면 밀도가 높은 한류가 아래로 내려가게 된다. 이 상태에서 하층에 있던 한류가 위로 솟구치는 현상을 용승湧昇이라고 한다. 용승이 일어나면 염분과 영양 염류가 함께 올라오게 되고, 햇빛이 투과되는 얕은 수심에서는 광합성이 일어나 식물성 플랑크톤의 활동이 왕성해진다. 나아가 식물성 플랑크톤을 먹는 동물성 플랑크톤이 많아지고, 플랑크톤을 먹는 다양한 어종이 서식하게 되어 먹이 사슬이 형성된다.

독도 해저 지형도를 보면 독도 주변은 유난히 수심이 얕은 것을 알 수 있는데, 이렇게 해저 지형 중에서 수심이 얕은 곳을 대륙붕이라고 부른다. 대륙붕 지형 또한 독도 주변 황금 어장 형성에 한몫을 한다. 대륙붕은 수심이 얕아 햇빛이 잘 들어오기 때문에 광합성에 좋은 조건을 갖추고 있다. 따라서 플랑크톤이 많이 서식할 뿐만 아니라, 수심이 얕아 물고기의 산란에도 유리하므로 황금 어장이 형성된다.

계절 변화에 따른 다양한 어종

사계절이 뚜렷한 우리나라의 특성이 독도에서도 나타나는데, 그로 인해 조경 수역이 형성되는 위치가 계절에 따라 조금씩 달라진다. 상대적으로 따뜻한 여름철에는 난류의 세력이 우세하여 조경 수역의 위치가 북상하고, 기온이 낮아지는 겨울철에는 한류의 세력이 성장하여 조경 수역의 위치가 남하한다. 따라서 독도 주변의 바다에서는 1년 내내 다양한 어업이 이루어진다.

봄이 오면 꽃이 피고 새 생명이 차오르듯이, 독도의 봄 바다는 다양한 생명체의 활동이 왕성해진다. 앞서 살펴본 것처럼 독도는 한류와 난류가 만나 조경 수역을 형성하며, 대륙붕으로 이루어져 있어 해양 생물의 생장에 좋은 조건을 갖추고 있기 때문이다. 특히 암반과 해조 군락이 다른 생물의 공격을 피할 수 있는 은신처 역할을 하기 때문에 독도 주변은 물고기 등 바다 생물의 산란과 생장에 유리한 환경이다.

봄철 독도에서 가장 많이 잡히는 것은 말쥐치고, 망상어·볼락·쥐노래미 등의 어류를 볼 수 있다. 특히 말쥐치는 동해 연안에 분포하는 개체보다 큰 것으로 미루어 볼 때, 독도 주변이 어류 생장에 좋은 조건을 갖추고 있다는 것을 확인할 수 있다. 볼락, 우럭, 가자미 등 낮은 곳에서 움직이는 어류는 자망•을 통해 어획한다. 또한 이 시기는 망상어의 산란기로 어린 망상어가 독도 주변 바다 전체에서 헤엄치고 있는 것을 볼 수 있다. 어류뿐만 아니라 모자반, 파래, 개미역쇠, 국수나물••, 청각, 대황, 미역 등의 해조 군락과 홍합 등의 어패류 군락도 많이 분포한다. 또 홍해삼, 개해삼 등이 활동하는 시기

• 자망 바다에서 물고기 떼가 지나다니는 길목에 쳐 놓아 고기를 잡는 데 쓰는 그물.

•• 국수나물 '참국수나물'을 지칭함.

이기도 하다.

난류의 영향이 커지는 여름철 독도 어장에는 오징어, 꽁치, 참다랑어 등의 난류성 어류가 많이 나타난다. 특히 독도에서 가장 중요한 어업은 오징어 채낚기로, 이 시기 독도 주변 어업의 95퍼센트 이상이 오징어 어업이다. 독도와 대화퇴어장에서 잡히는 오징어의 양이 국내 전체 오징어 어획량 중 약 60퍼센트 정도를 차지할 정도다. 오징어는 5~12월에 관찰되며, 주 어기는 9~10월이다. 이 시기에는 오징어를 잡는 어선에서 나오는 빛으로 독도의 밤바다가 반짝인다.

한류의 세력이 우세한 겨울에는 연어, 송어 등이 독도 주변 바다로 돌아온다. 1월부터 4월경까지는 해녀가 잠수복을 착용하고 전복, 해삼, 소라 등을 채취하는 계절이다. 독도에서 전복 등의 수산물 채취가 시작된 것은 제주 잠녀가 독도로 옮겨 온 1950년대로 추정된다. 독도에 살고 계신 김신열 할머니도 제주도 출신이다. 옛날에는 전복이며 해삼이 발에 차일 정도로 많았지만, 지금은 개체 수가 많이 줄어들어 더 깊은 곳까지 잠수해야 채취가 가능하다.

기후가 바뀌면 어종도 바뀐다

한반도가 뜨거워지고 있다. 최근 매년 여름철마다 최고 기온 기록을 경신하며, 열대야와 열대일의 수가 늘어나고 있다. 그뿐만 아니라 집중 호우의 빈도와 강도가 높아지고 있으며, 겨울에는 혹한이 찾아오는 등 기후 변화의 징후가 심상치 않다. 기후 변화가 사람들의 생활 모습을 바꿔 놓듯, 생태계에도 급격한 변화가 나타나고 있다.

불과 10년 전만 해도 제주도를 비롯한 남해 연안에서만 서식하던 아열대성 어종인 자리돔, 벵에돔 등이 2006년에는 독도 주변 해역에서 관찰되었다. 독도 주변의 바다 생태계는 같은 위도상의 동해와 판이하며, 마치 10년 전의 제주 바다를 옮겨 놓은 듯하다. 지구 온난화로 인해 수온이 상승할 뿐만 아니라 난류의 영향이 커졌기 때문이다. 대마 난류의 수온이 높아지면서 봄철에 이미 독도 주변 바다의 수온은 섭씨 15~16도 정도가 된다. 이는 제주도와 흡사한 수준이다. 수온이 낮아져야 할 가을에도 섭씨 18도 정도를 유지한다. 현재 독도 주변 바다에 분포하는 어종의 22퍼센트는 아열대 어종이, 40퍼센트는 난류성 어종이 차지하고 있다.

게다가 최근에는 청정 바다로 알려졌던 독도 바다가 갯녹음으로 인해 시름을 앓고 있다. 갯녹음이란 해수에 함유된 탄산 칼슘의 농도가 높아져 우유처럼 뿌옇게 보이거나, 부유하던 탄산 칼슘이 암반이나 해조류에 침전되는 현상을 의미한다. 다른 말로는 백화 현상이라고 한다. 갯녹음 현상이 나타나는 원인은 정확히 밝혀지지는 않았지만 여러 가지 원인이 제기되고 있다. 첫 번째는 수온 상승으로 인해 바닷물 속에 탄산 칼슘의 양이 줄어들면서 암반이나 해조류에 침전된다는 것이다. 두 번째는 독도 주변에 사람이나 배의 이동이 잦아지면서 발생하는 오염 물질이 유입된다는 것이다. 세 번째는 천적이 없어 개체 수가 급증하고 있는 성게가 해조류를 갉아 먹으면서 떨어져 나간 해조류로 인해 갯녹음이 가속화된다는 것이다.

갯녹음이 발생하여 해조류가 고사하고 번식할 수 없게 되면서 바다 숲이 파괴되고 사막화 현상이 일어난다. 나아가 어류 생태계에도 급격한 변화가 나타나게 될 것이다. 먹이이자 산란장의 역할을 해 주는 해조류가 없어지게 되면 어류의 생장에 나쁜 환경이 조성되기 때문이다.

_《독도를 부탁해: 청소년을 위한 우리 땅 독도 이야기》(2012)

작가 소개

전국사회과교과연구회 • • •

전국 초·중·고등학교 지리, 역사, 일반 사회 및 창의적 체험 활동을 담당하는 선생님들의 자발적 교과 연구 모임이다. 2003년부터 시작하여 각각의 교과 연구 모임과 각 지회를 통해 다양한 교수 학습 자료와 연수 자료, 그리고 관련 도서를 집필하고 있다.

지금까지 《독도를 부탁해》《지리 선생님, 스크린에 풍덩!》《경제 선생님, 스크린에 풍덩!》《미술관 옆 사회교실》《속속들이 살펴보는 우리 땅 이야기》《선생님과 함께하는 국토 체험 1박 2일》《14일의 기적 한국사능력검정시험》 '발도장 쿵쿵 한걸음 더' 시리즈, '테마와 스토리가 있는 세계 여행' 시리즈 등을 기획하고 집필했다.

인쇄 중에도 문장 고쳐 쓴 발자크

고두현

등장인물이 2400여 명에 이르는 '인간 희극' 시리즈의 프랑스 작가 오노레 드 발자크(1799~1850). 그는 수없이 원고를 고치고 다듬은 '퇴고의 달인'이었다. 한 페이지를 쓰기 위해 60장 이상을 새로 쓰고 또 고쳤다.

이미 끝낸 소설을 열여섯 번까지 수정하기도 했다. 단조로운 묘사는 풍부하게, 늘어지는 이야기는 속도감 있게, 대화체는 더 생생하게 손질했다. 그 덕분에 그의 소설은 어느 작품보다 사실적이고 재미있으며 생동감이 넘쳤다. 나폴레옹 시대를 거쳐 왕정 복고와 7월 혁명(1830) 등 19세기 격동의 프랑스 사회도 깊이 있게 그릴 수 있었다.

"어제 쓴 글은 이미 낡은 것"

원고를 인쇄소에서 조판한 뒤에도 그는 끊임없이 고쳤다. 출판사들은 그를 위해 특별 교정지를 준비해야 했다. 한가운데에 활자를 찍고 아래위와 양옆에 넓은 여백을 마련해 가필할 수 있도록 했다. 그는 여기에 고칠 문구와 더할 문장들을 빽빽하게 써넣었다. 여백이 모자라면 뒷면에 이어 쓰고, 그것도 부족하면 다른 종이에 따로 써서 풀로 붙였다.

인쇄소 직원들은 비명을 질렀다. 특별히 훈련받은 식자공마저 손을 내저었다. 우여곡절 끝에 나온 새 교정쇄를 받고도 그는 멈추지 않았다. "안 되겠어. 어제 쓴 것, 그제 쓴 것, 모두 마음에 들지 않아. 의미는 뚜렷하지 않고 문장은 혼란스럽고 문체는 잘못됐고 배치도 너무 어려워! 모든 걸 바꿔야 해. 더 뚜렷하게, 더 분명하게!"

교정지만 일곱 번 고친 일도 있었다. 추가 비용이 너무 많이 들어 출판사가 어려워하면 자기 호주머니를 털었다. 이런 식으로 원고료의 절반이나 전부를 다 날린 게 10여 차례나 된다. 한번은 어떤 신문이 끝없이 계속되는 그의 교정에 지쳐 마지막 수정본을 기다리지 않고 연재를 게재하자 '영원한 절교'를 선언하기도 했다. 인쇄기가 돌아가는 중에도 그의 문장 다듬기는 계속됐다. 이 때문에 출판사들은 초판본을 낸 지 얼마 지나지 않아 수정본을 잇달아 내야 했다.

평소에도 그는 하루 16시간씩 원고지와 씨름했다. 이른 저녁을 먹고 오후 6시에 잤다가 밤 12시에 일어나 커피를 마시고 그때부터 낮 12시까지 쉬지 않고 일했다. 로댕은 라스파이유 거리의 발자크

동상을 잠옷 차림으로 조각했다. 하루 종일 틀어박혀 원고만 썼던 그를 기억하자는 의미에서였다.

헤밍웨이·톨스토이도 퇴고 달인

발자크가 잠을 쫓기 위해 마신 커피만 하루 50잔에 가까웠다고 한다. 국내 커피 광고에도 등장했지만, 그는 원고지를 잉크가 아니라 커피로 채운 사람이었다. 그렇게 전력투구한 결과 90편의 장편과 중편, 30편의 단편, 5편의 희곡 등 엄청난 작품을 남길 수 있었다.

파리 센강변 언덕배기 그의 집 거실에 낡은 책상이 놓여 있다. '연금술사가 자신의 금을 던져 넣듯이 내가 나의 삶을 용광로 속에 던져 넣은' 그 나무 책상이다. '비참한 생활을 나와 함께했고 내 눈물을 닦아 줬고 내 모든 생각을 들어 줬으며 내 팔이 항상 그 위에 있었고 내가 글을 쓸 때 함께 명상했다.'라던 그 책상 위에서 그는 밤새워 원고를 쓰고 또 고쳤다. 그를 '사실주의 문학의 아버지'라 부르고 그의 작품을 '근대 소설의 교과서'라고 하는 건 그냥 나온 말이 아니다.

어디 발자크뿐인가. 헤밍웨이도 《무기여 잘 있거라》를 39번 고쳐 썼다. 톨스토이는 《안나 카레니나》를 하도 많이 고쳐 초고 형태를 알 수 없을 정도였다. 위대한 작품들은 이처럼 끝없는 자기 혁신과 '창조적 파괴'를 거쳐 탄생했다. '어제 쓴 건 모두 낡았다.'라는 발자크의 지적은 우리 모두를 위한 것이기도 하다. 이 글 또한 윤전기가 돌고 나면 이미 낡았겠지만.

_〈한국경제〉(2017년 9월 1일자)

작가 소개

고두현···

한려해상국립공원을 품은 경남 남해의 금산에서 자랐다. 1993년 중앙일보 신춘문예로 등단했다. 그의 시는 "잘 익은 운율과 동양적 어조, 달관된 화법으로 전통시의 품격을 한 단계 높였다."라는 평가를 받고 있다. KBS, MBC, SBS 라디오 문화 프로그램을 통해 오랫동안 시와 시인들의 이야기를 전했다. 1988년 한국경제신문에 입사해 문화부 기자와 문화부장을 거쳐 2018년 현재 논설위원으로 재직 중이다.

《늦게 온 소포》《물미해안에서 보내는 편지》《달의 뒷면을 보다》《시를 놓고 살았다 사랑을 놓고 살았다》《시 읽는 CEO, 처음 시작하는 이에게》《옛시 읽는 CEO, 순간에서 영원을 보다》《마음필사》《동주 필사》《사랑, 시를 쓰다》《생각의 품격》《교양의 품격》《경영의 품격》《미래 10년 독서 1~2》《독서가 행복한 회사》 등을 펴냈다. 시와시학사 '젊은 시인상' 등을 받았다.

정보화 시대, 한글의 가능성

최경봉·시정곤·박영준

"한어 병음 보급이 문화 창신을 촉진했다." 이 말은 한어 병음漢語併音이 중국어의 정보화·세계화를 가능케 했다는 찬사와 함께 2008년 2월 11일 〈중국인민일보〉 1면에 실린 기사의 제목이다. 한어 병음이란 한자의 발음을 로마자로 표기해 사용하는 것으로 컴퓨터에 한자를 입력할 때 사용되며 사전에서 한자를 찾을 때도 활용된다. 수많은 한자를 컴퓨터 자판에 표시할 수는 없으므로 소리로 먼저 글자를 찾고 그 후에 알맞은 뜻을 찾는 방법을 사용한다. 이때 발음은 로마자로 표기한다. 따라서 오늘날 중국 사람들은 영문 자판으로 한자를 입력하고 있는 셈이다. 또 발음은 알지만 글자를 모르는 경우 사전에서 병음으로 그 음을 가지는 한자를 일단 찾고 그 가운데서 뜻에 따라 원하는 글자를 선택하는 방법을 쓴다. 우리가 한글로 된 단어를 한자로 바꿀 때의 과정과 비슷하다. 이처럼 로마자로 한자의 발음을 표기하는 '한어 병음 방안'은 1958년 2월 11일 전국 인민 대표 대회를 통과해 시행되었으니, 올해로 한어 병음 사용 50주년이 된 셈이다.

한어 병음만으로 중국의 언어생활이 단순해진 것은 아니다. 1956년 1월 31일 중국 정부는 수많은 한자를 2,238자의 간체자로 대폭 줄이는 '한자 간화 방안'을 발표한다. 이러한 조치는 1949년 중화 인민 공화국이 성립되고 국가 건설을 위해 한자 교육이 절실한 상황에서 80퍼센트에 육박하는 문맹률을 타파하기 위한 극약 처방이었다. 그리고 그로부터 50년이 지난 오늘날 당시의 극약 처방 덕분에 정보화 시대에 살아남을 수 있었다고 자평하고 있다.

그러나 중국의 현대화와 정보화를 이끌었다고 자랑하고 있는 한어 병음법은 한글과 비교하는 순간 그 가치가 무색해진다. 컴퓨터 자판을 이용해 글자를 입력하는 속도를 알아보니 한글은 한어 병음법에 비해 일곱 배나 빨랐다고 한다. 한어 병음법은 편리성에서 한글을 따라올 수 없었던 것이다.

국제정음기호란?

이러한 의미에서 국제정음기호 사업 위원회의 활동도 주목할 만하다. 세계의 언어를 표기하는 공통 발음 기호로 국제음성학회가 1888년 처음 발표한 국제음성기호IPA, International Phonetic Alphabet라는 것이 있다. 그러나 로마자를 바탕으로 한 이 기호는 배우기가 그리 쉽지 않고 체계성도 떨어진다. 이러한 문제를 보완하고 한글의 국제화를 위해 만든 것이 국제정음기호IPH, International Phonetic Hunminjeongeum이다. 지금 우리말에서 쓰이는 24개의 자음과 모음 이외에 몇 가지의 기호를 더하면 세계의 모든 언어를 한글로 적을 수 있다는 생각이다.

이 기호는 전산학자 진용옥이 컴퓨터를 이용해 모든 소리의 전기적 신호를 한글을 기초로 표기하려는 노력에서 나온 것으로 이 기호를 이용해 세상의 모든 소리를 기록할 수 있는 컴퓨터 자판을 만들기도 했다. 이 자판은 31개 한글 문자와 21개 음성 기호를 입력할 수 있는 세계 최초의 언어·문자 통합 자판이다. 그는 또 국제정음기호를 인터넷 부호 체계로 만들어 전 세계에 보급하려는 계획도 세우고 있다고 한다.

한글은 이미 15세기부터 외국어를 표기하는 데 이용됐다. 중국어나 만주어, 몽골어, 일본어 같은 외국어의 소리를 표기하는 발음 기호로 한글이 사용됐기 때문이다. 이것은 그만큼 한글이 소리를 섬세하게 나타날 수 있다는 것을 의미한다. 이러한 한글의 탁월함은 신숙주가 쓴 《동국정운》 서문에도 잘 나타나 있다.

> 훈민정음이 제작됨으로부터 만고萬古의 한 소리로 털끝만큼도 틀리지 아니하니, 실로 음音을 전하는 중심줄인지라. 청탁淸濁이 분별되매 천지의 도道가 정하여지고, 사성이 바로잡히매 사시四時의 운행이 순하게 되니, 진실로 조화造化를 경륜經綸하고 우주宇宙를 주름잡

으며, 오묘한 뜻이 현관玄關에 부합符合되고 신비한 기미幾微가 대자
연의 소리에 통한 것이 아니면 어찌 능히 이에 이르리요.

_《동국정운》

《훈민정음해례》에서는 훈민정음에 대해 '지혜로운 사람은 아침이 다하기 전에 깨치고 어리석은 사람이라도 열흘이면 배울 수 있을 만큼' 쉽고 체계적인 문자라 했다. 글자는 무엇보다도 발음을 표기하기 위해 존재한다는 점을 생각해 본다면 배우기 쉽고 표기의 폭이 넓으며 알파벳보다 발음과 글자가 더 잘 일치하는 한글이야말로 국제 음성 기호로서 제 역할을 톡톡히 해내지 않을까.

정보화 시대에 한글은 어떻게 유용한가?

우리나라가 유독 인터넷 강국으로 자리매김한 이유는 무엇 때문일까? 과학 기술의 발달이나 역동적인 국민성 등이 언급되기도 하지만 그 무엇보다도 우리에게 한글이 있기 때문이 아닐까. 자국어를 통한 정보화 사업에서 중국이나 일본보다 우리나라가 앞서갈 수 있는 것은 한글의 효율성 때문이다. 중국어는 앞서 말한 대로 로마자를 이용한다고 해도 몇 번의 절차를 거쳐야만 글자를 입력할 수 있다. 그에 비하면 한글은 소리글자다 보니 발음 자체가 표기로 변한다. 더욱이 자음과 모음이 환상적으로 조합을 이루고 있으니 그만큼 쉽고 빠르게 언어를 정보화할 수 있다. 그 한 예로 전산학자 변정용은 한글의 과학성에 대해 다음과 같이 말한다.

우리가 지금 만능의 기계로 생각하는 컴퓨터는 단 두 개의 숫자 '0'과 '1'을 일정한 규칙에 따라 되풀이하는 것인데 이 세상을 순식간에 정보화 시대로 만들고 있습니다. 한글의 경우도 똑같습니다. 28글자의 유한수의 기호와 몇 가지의 규칙만으로 무한수에 가까운 천지자연의 소리를 만들어 표현하는 방식이 바로 한글의 특성이지요. 그런 점에서 한글은 다른 어떤 글자보다 과학적이며 현대 첨단과학의 산물인 컴퓨터의 원리에 매우 잘 부합하는 문자입니다. 이런 점에서 저는 세종 임금이 오늘의 정보화 시대를 미리 내다보고 한글을 만들었다고 할 만큼 감탄할 때가 있습니다.

이러한 한글 자판의 우수성 때문에 아예 한글 자판을 세계 공통 컴퓨터 자판으로 만들자는 움직임도 있다.

최근에는 한글을 이용해 중국어를 표기하는 방안이 제기되기도 했다. 한어 병음법이 로마자를 이용해 중국어를 표기하는 방법이라면 로마자 대신에 더 발음을 정확하게 표기할 수 있는 한글을 사용하자는 것이다. 국어학자 정원수는 고려 시대부터 전해 오는 중국어 학습 교재 《노걸대》에서 아이디어를 얻어 중국어를 한글로 표기하는 방법인 '온누리 한글 표기법'을 만들었다. 이 표기법을 이용하면 로마자보다도 더 간편하게 휴대폰 문자 메시지나 컴퓨터 자판에서 활용할 수 있을 것이다.

한글 자판은 컴퓨터에 국한되지 않는다. 휴대폰에서는 한글의 천지인 삼재의 원리를 활용해 자판을 만드는가 하면 가획의 원리를 이용한 자판도 있다. 한글의 창제 정신이 정보화에 고스란히 담겨 있다.

어디 휴대폰뿐인가. MP3 플레이어, 냉장고, DMB 등 각종 멀티미디어 기기에도 한글 자판은 적극적으로 활용되고 있다. 또한 한글 인터넷 주소 및 한글 전자 우편 주소의 확대도 한글 정보화의 단면이다.

디지털 시대는 계속해서 의사소통의 방식을 변화시켜 나갈 것이다. 지금은 생각을 문자로 나타내고 그 문자는 언제 어디서나 즉각적인 방법으로 상대방에게 전달된다. 물론 이런 의사소통을 위해서는 자판을 두드려야 하고 문자 버튼을 눌러야만 한다. 그런데 이런 수고로움도 앞으로는 사라질 전망이다. 일일이 문자를 입력하지 않아도 음성을 그대로 문자로 전달하고 다시 문자를 음성으로 변환시키는 기술이 개발되고 있기 때문이다. 이 기술이 개발되어 상용화되면 우리가 상상하는 것 이상으로 우리 삶의 모습이 또 한 번 변화를 입을 것이다. 또한 앞으로 컴퓨터를 비롯한 우리 생활의 모든 기계들은 음성으로 통제될 것이다. 이와 같은 미래의 의사소통 방식에도 한글은 다른 어떤 문자보다도 위력을 떨칠 것이다. 한글은 소리와 문자의 일대일 대응이 가능하기 때문이다. 정보화 시대에 한글의 미래가 밝은 이유가 바로 여기에 있다.

_《한글에 대해 알아야 할 모든 것》(2008)

작가 소개

최경봉···

'어휘'와 '문체'를 통해 인간의 정신 구조를 살피는 연구를 해 오면서 《관용어 사전》《국어 명사의 의미 연구》 등을 저술했고, 우리말의 역사와 미래를 생각하면서 《우리말의 수수께끼》《한국어가 사라진다면》《우리말의 탄생》《역사가 새겨진 우리말 이야기》 등을 저술했다. 현재 원광대학교 국어국문학과 교수로 있다.

시정곤···

우리말과 우리글에 대해 관심을 가지고 연구해 왔다. 말과 글 속에 숨어 있는 무한한 힘과 놀라운 질서의 세계에 매료되어 그 비밀을 찾는 언어탐정이 되었다. 대중들과 호흡하는 말글살이 연구를 지향한다. 《국어의 단어 형성 원리》《논항 구조란 무엇인가》《우리말의 수수께끼》《한국어가 사라진다면》《역사가 새겨진 우리말 이야기》《현대 국어 형태론의 탐구》 등의 저서를 냈으며, 현재 카이스트 인문사회과학부 문화기술대학원 교수로 있다.

박영준 • • •

다양한 층위의 말에 대해 관심을 가졌고, 말의 신비함에 빠져 하루하루를 보내던 국어학자였다. 우리말의 역사에 대한 탐구와 우리말과 글의 대중화 작업에 매진하다가 안타깝게도 2007년 11월에 작고했다. 《명령문의 국어사적 연구》《관용어 사전》《우리말의 수수께끼》《광고 언어 연구》《한국어가 사라진다면》《역사가 새겨진 우리말 이야기》《광고 언어론》《광고 언어 창작론》 등의 저서를 냈으며, 부경대학교 국어국문학과 교수를 역임했다.

정전기가 겨울로 간 까닭은?

김정훈

겨울만 되면 정전기가 기승을 부린다. 자동차에 키를 꽂을 때마다 불꽃이 튀고, 스웨터를 벗으면 '찌지직' 소리와 함께 머리는 폭탄 맞은 것처럼 변한다. 심지어 사랑하는 애인의 뺨을 쓰다듬을 때 정전기가 튀어 분위기를 망치는 경우도 있다. 이 짜증 나는 정전기는 왜 생기는 걸까? 정전기의 정체를 알면 이를 막을 대책도 세울 수 있을 것이다.

정전기는 번개와 동급同級?

흐르지 않고 그냥 머물러 있는 전기라고 해서 정靜전기라고 부른다. 우리가 콘센트에 꽂아 쓰는 전기가 흐르는 물이라면, 정전기는 높은 곳에 고여 있는 물이다. 정전기의 전압은 수만 볼트에 달해 번개와 동급이지만, 전류는 거의 없어 치명적이지 않다. 어마어마하게 높은 곳에 고여 있는 물이지만 한두 방울뿐이라 떨어질 때 별 피해가 없다고나 할까.

정전기가 생기는 이유는 '마찰' 때문이다. 물체를 이루는 원자의 주변에는 전자가 돌고 있는데, 원자핵으로부터 멀리 떨어진 전자들은 마찰을 통해 다른 물체로 쉽게 이동하기도 한다. 이때 전자를 잃은 쪽은 플러스(+) 전하가, 전자를 얻은 쪽은 마이너스(-) 전하가 되어 전위차가 생긴다.

생활하면서 주변의 물체와 접촉하면 마찰이 일어나기 마련인데, 그때마다 우리 몸과 물체가 전자를 주고받으며 몸과 물체에 조금씩 전기가 저장된다. 한도 이상 전기가 쌓였을 때 적절한 유도체에 닿으면 그동안 쌓았던 전기가 순식간에 불꽃을 튀기며 이동한다. 이것이 정전기다.

정전기도 사람 차별하나?

그런데 정전기로 고생하는 정도는 사람마다 달라 보인다. 우리 주변에는 정전기로 유별나게 고생하는 사람이 꼭 있다. 다른 사람이 만졌을 때는 괜찮았는데 이들이 만지면 어김없이 튀는 정전기. 정말 정전기는 사람을 차별하는 것일까?

정전기가 언제 잘 생기는지를 보면 이 질문에 대한 해답을 얻을 수 있다. 우선 정전기는 건조할 때 잘 생긴다. 수증기는 전기 친화성이 있어 주변의 전하를 띠는 입자들을 전기적 중성 상태로 만든다.

따라서 습도가 높으면 정전기도 잘 생기지 않는다. 여름보다 겨울에 정전기가 기승을 부리는 이유다.

이 원리를 사람에 적용하면 땀을 많이 흘리는 사람보다는 적게 흘리는 사람에게, 지성 피부를 가진 사람보다는 건성 피부를 가진 사람에게 정전기가 많이 생긴다. 정전기는 주로 물체의 표면에 존재하기 때문에 그 사람의 '피부'가 정전기를 결정한다.

둘째로 정전기는 전자를 쉽게 주고받을 수 있는 마찰에 의해 잘 생긴다. 마찰 전기가 생길 때 전자를 쉽게 잃는 물체가 있고, 전자를 쉽게 얻는 물체가 있다. 예를 들면 플라스틱 종류는 전자를 쉽게 얻고, 모피 종류는 전자를 쉽게 잃는다. 이를 순서대로 나열한 것을 '대전열'이라고 한다. 요즘 중학생들은 대전열을 이렇게 외운다고 한다.

"털이 유명한 나 고플에"

(털가죽 – 유리 – 명주 – 나무 – 고무 – 플라스틱 – 에보나이트)

우리 몸은 전자를 잘 잃는 편에 가까우니 나일론, 아크릴, 폴리에스테르 같은 합성 섬유를 자주 입는 사람은 정전기와 친할 수밖에 없다. 정전기가 잘 발생하는 사람에게 천연 섬유(털가죽, 명주, 면)를 입으라는 말에 다 이유가 있는 것이다.

정전기의 발생과는 별개로 사람마다 정전기를 다르게 느낀다. 보통 남자보다 여자가, 어린이보다 노인이, 뚱뚱한 사람보다 마른 사람이 정전기에 민감하다. 남자는 약 4,000볼트가 되어야 전기를 느끼는 반면 여자는 약 2,500볼트만 되도 전기를 느낄 수 있다고 한다. 그래서인지 우리 주변에 "정전기 때문에 못살겠어."라는 사람은 여자인 경우가 많다.

야누스의 두 얼굴, 정전기

만약 피부가 건조한 사람이 위의 충고를 무시하고 합성 섬유 스웨터를 입다 비명을 지른다 해도 그건 개인의 문제니 넘어갈 만하다. 하지만 산업체에서 정전기는 결코 간과할 수 없는 위협적인 존재다.

예를 들어 발화점이 낮은 유류를 운반하는 유조차는 작은 스파크에도 치명적이다. 이를 막기 위해 유조차의 뒤편에는 땅바닥으로 늘어뜨린 접지 장치가 달려 있다. 접지를 통해 유조차에 조금이라도 생길 수 있는 정전기를 땅으로 배출하는 것이다.

첨단 반도체 사업장은 정전기와의 전쟁터라고 불려도 손색이 없다. 반도체 부품은 정전기 방전에 쉽게 파손된다. 그래서 기술자들은 자기 주변에 정전기가 쌓일 만한 저항이 큰 물체를 일절 놓지 않는다. 소매와 양말에 접지선이 달린 특수한 옷을 입고 반도체를 다룬다. 이처럼 정전기를 없애는 것이 산업체에서는 중요한 과제다.

그렇다고 정전기가 마냥 해로운 것만은 아니다. 우리 생활에서 정전기는 의외로 많은 활약을 하고 있다. 복사기는 정전기를 이용한 대표적인 제품이다. 복사기는 정전기를 이용해 토너의 잉크 가루를 종이에 붙인다. 먼지를 제거하는 집진기도 정전기의 원리로 공중의 먼지를 붙여 제거한다. 식품을 포장하는 랩이 그릇에 달라붙는 이유도 정전기 때문이다. 감겨 있던 랩을 '쫙' 떼는 순간 마찰로 정전기가 발생하니, 랩의 접착력이 시원치 않다 생각하는 사람은 더 힘차게 떼자. 이처럼 정전기는 우리에게 득과 실을 동시에 주는 존재다.

정전기를 중화하라

이제 정전기의 원리를 알았으니 약간의 주의만 기울이면 정전기로 깜짝 놀랄 일을 줄일 수 있다. 구체적으로 어떻게 하면 좋을까?

우선 적절한 습도를 유지하자. 가습기나 어항 등으로 집안 습도를 높이고, 보습 로션 등으로 피부를 촉촉하게 유지하면 도움이 된다. 머리를 헤어드라이어로 말리면 습도가 낮아질 뿐 아니라 수건으로 머리를 비비는 과정에서 마찰 전기가 발생하므로 가급적 그냥 말린다.

플라스틱 제품을 사용할 때 특히 주의해야 한다. 합성 섬유는 린스로 헹구면 정전기가 많이 줄어든다. 린스는 플러스(+) 전기를 띠어 마이너스(-) 전기를 띤 합성 섬유에 붙어 전기를 중화시켜 준다. 물론 합성 섬유 옷보다는 천연 섬유 옷을 입는 것이 좋다. 최소한 몸에 직접 닿는 부분이라도 천연 섬유를 입어 정전기로부터 피부를 보호하자. 플라스틱 빗으로 머리를 빗을 때는 물에 적셨다가 쓰면 정전기를 줄일 수 있다.

평소에 전기를 중화시키는 습관을 들이는 것도 좋다. 자동차 문고리를 잡기 전에 손에 입김 한번 '하' 하고 불어 주자. 입김으로 손에 생긴 습기가 정전기 확률을 낮춰 준다. 정전기가 튈 것 같은 물건이라면 덥석 잡지 말고, 손톱으로 살짝 건드렸다가 잡으면 손톱을 통해 전기가 방전돼 정전기를 예방할 수 있다.

정전기가 튀는 두 물체 사이의 최대 거리는 2.5 곱하기 10 마이너스 7센티미터라고 한다. 아주 가까운 사람 사이에서만 정전기가 튈 수 있다는 말이다. 추운 겨울에 사랑하는 사람과 마음껏 가까이 할 수 있도록 정전기를 잘 다스리는 것이 어떨까.

_《맛있고 간편한 과학 도시락》(2009)

작가 소개

김정훈 • • •

카이스트에서 생물학으로 석사 학위를 받은 뒤, 그림에 대한 꿈을 떨치지 못해 한동안 애니메이션을 공부했다. 과학 키트를 만들고 유통하는 '시앙스몰'을 운영했으며, 과학 교육 잡지 〈시앙스가이드〉의 편집장으로 일했다. 현재는 소프트웨어 융합 교육 서비스를 만든다.

지은 책으로 《맛있고 간편한 과학 도시락》《우주선 안에서는 방귀 조심!》(공저) 등이 있다.

중학생인 나도 세금을 내고 있다고?

조준현

“완전 배불러. 너무 과식했어.”

“나도. 만 원에 무제한이라고 하니 평소보다 더 많이 먹은 것 같아.”

용돈을 받은 종석이가 한턱 쏘기로 한 날. 수지와 종석이는 배가 터질 듯 먹고 일어나 계산대로 향한다.

“2만 2,000원입니다.”

“네? 한 사람에 만 원 아닌가요? 이상하다, 분명히 만 원으로 봤는데…….”

“아, 부가세 10퍼센트 포함해서 2만 2,000원입니다.”

“부, 부가세요?”

메뉴판을 보니 아주 작게 ‘부가세 10퍼센트가 붙습니다.’라는 문구가 적혀 있다. 결국 2만 2,000원을 지불한 종석의 표정이 썩 좋지 않다.

“뭐야, 그렇게 작게 적어 놓으면 어쩌자는 거야? 근데 수지야, 너 부가세가 뭔지 알아?”

“부가 가치세의 준말 같은데…….”

“부가 가치세? 세금? 세금은 어른들만 내는 거 아니었어?”

내가 국가를 위해 할 수 있는 일

젊은 나이에 미국 대통령이 된 케네디 대통령은 세금에 관해 유명한 말을 남겼습니다. 대통령이 되기 전 국회 의원에 출마하여 선거 유세를 하고 있는데, 한 청중이 그에게 이런 질문을 하였습니다.

“저는 국가가 나한테 해 주는 것도 없으면서 세금만 거두어 간다고 생각합니다. 당신이 국회 의원이 되면 세금을 깎아 줄 건가요?”

내가 케네디 대통령이었다면 어떤 말을 했을까요? 표를 얻기 위해서 거짓으로라도 세금을 깎아 주겠다고 약속했을까요, 아니면 그냥 무시했을까요? 케네디는 이렇게 답했습니다.

“국가가 당신을 위해 무엇을 해 줄 것인가를 묻기 전에 당신이 국가를 위해 무엇을 할 것인가를 생각하십시오.”

케네디의 이런 솔직한 태도는 유권자들의 호응을 얻었고, 그 덕분에 국회 의원에 당선될 수 있었습니다.

케네디 대통령의 말처럼 국가가 나에게 뭘 해 주기를 바라기 전에 내가 먼저 국가에 대한 의무를 다해야 합니다. 그 의무에는 납세의 의무, 국방의 의무, 교육의 의무, 근로의 의무가 있습니다. 이를 국민의 4대 의무라고 합니다. 여기에서 납세의 의무는 매우 중요합니다. 왜냐하면 국가가 국민을 위해 어떤 일을 하려면 돈이 필요하기 때문입니다. 도로를 건설하거나 공공시설을 지을 때도 돈이 필요하고, 중학교까지 무상 교육을 실시하는 일에도 의료 보험이나 실업 보험과 같이 사회 보장 제도를 운영하는 일에도 돈이 들어갑니다. 그렇다면 이 돈은 어디에서 오는 것일까요? 국민들이 내는 세금에서 나옵니다. 그렇기 때문에 세금은 정부가 국가 재정을 조달하고 국가를 운영하기 위해 꼭 필요한 재원•입니다.

세금을 분류하는 방법

세금에는 여러 종류가 있습니다. 먼저 누가 징수하느냐에 따라 국세와 지방세로 나뉘고, 세율을 어떻게 정하느냐에 따라 비례세, 누진세, 역진세로 구분할 수 있습니다.

그렇다면 이런 세금은 누가 내는 걸까요? 부모님은 소득이 있어서 세금을 내는 게 마땅하지만, 학생은 돈을 벌지 않기 때문에 세금을 내지 않는다고 생각하고 있지는 않았나요? 하지만 실제로 학생이든 어른이든 상관없이 우리 모두 다 세금을 내고 있습니다. 그것도 매일 내고 있습니다. 이처럼 우리가 모르는 사이에 빠져나가는 세금을 간접세라고 합니다.

대체 간접세가 뭐기에 돈을 벌지 않는 학생들에게까지 요구하는 걸까요? 세금은 납부하는 방식에 따라 직접세와 간접세로 나눌 수

• **재원** 재화나 자금이 나올 원천.

있습니다. **직접세**는 세금을 내야 하는 개인이나 기업이 직접 납부하는 세금으로, 소득세, 법인세, 재산세, 상속세 등이 여기에 속합니다. 반면 **간접세**는 실제로 세금을 부담하는 사람과 그 세금을 직접 납부하는 사람이 다릅니다. 음식값을 지불하려던 종석이를 당황시켰던 부가 가치세가 바로 간접세입니다. 책이나 학용품을 사고 난 뒤 받은 영수증을 한번 살펴볼까요?

물건값 속에 부가 가치세라는 게 보이나요? 이게 바로 우리가 모르는 사이에 우리의 호주머니에서 나가는 세금입니다. 책이든 빵이든 물건을 살 때마다 세금을 내고 있는 셈이죠. 하지만 세금을 내기 위해 직접 세무서에 가지는 않습니다. 대신 물건을 판 기업이나 가게 주인이 냅니다. 이처럼 간접세는 물건이나 서비스에 매겨지는 세금으로, 부가 가치세와 같은 물품세와 외국에서 수입한 상품에 붙이는 관세가 있습니다.

직접세 : 간접세

직접세는 소득이나 재산에 따라 누진적으로 적용되는 경우가 많습니다. 부유한 사람은 세금을 많이 내고 가난한 사람은 적게 내는 식입니다. 이처럼 직접세는 소득 격차를 줄이는 기능을 하여 소득 재분배 효과가 있다고 합니다. 정부는 직접세를 통해 가난한 사람과 부유한 사람 간의 격차를 줄이고 있죠.

반면 간접세는 부자든 가난한 사람이든 모두에게 똑같이 적용되는 세금입니다. 부자가 음료수를 사 마시는 경우에도 가난한 사람이

음료수를 사 마시는 경우에도 똑같이 세금이 붙습니다. 공평성의 원리에서 보면 직접세보다 간접세가 더 옳다고 생각할 수도 있습니다. 하지만 간접세는 소득이 적은 사람일수록 소득에 비해 내야 할 세금의 비율이 높아져 납세의 부담감이 가중된다는 단점이 있습니다.

한편 정부의 입장에서는 간접세가 직접세보다 더 좋을 수도 있습니다. 직접세보다 더 걷기 쉽기 때문입니다. 직접세는 모든 사람의 소득이나 재산을 일일이 조사하여 그에 따라 세금을 거두어야 하는 번거로움이 있는 반면, 간접세는 소비자들이 물건을 구입할 때마다 자동으로 납부되기 때문에 정부로서는 매우 편리할 것입니다.

우리나라는 다른 선진국들에 비해 간접세의 비중이 높은 편입니다. 간접세가 걷기도 편하기 때문에 다르게 보면 정부가 효율적으로 세금을 사용하는 것처럼 보일지도 모릅니다. 그런데 간접세의 비중이 너무 높으면 직접세로 얻을 수 있는 소득 재분배 효과가 약해질 수 있다는 문제점도 갖고 있습니다. 그래서 직접세와 간접세 가운데 뭐가 좋은지 판단하는 건 참 어려운 일이죠.

탈세를 막아야 한다

세금 납부의 의무가 꼭 필요하기는 하지만 납세자는 되도록 그 부담을 줄이고 싶어 합니다. 그런 마음에서 발생하는 현상이 절세 혹은 탈세입니다.

절세는 법이 허용하는 범위 내에서 세금의 부담을 줄이는 것을 말합니다. 평소 세금과 관련된 자료를 철저히 수집하고 정리하여 굳이 내지 않아도 될 세금을 최대한 내지 않는 거죠. 절세는 국세청에서도 적극적으로 권장하는 일이기 때문에 이와 관련된 정보를 얻어 세금의 부담을 더는 방법도 좋습니다.

이에 반해 탈세는 법의 규정을 무시한 채 막무가내로 세금을 내지 않는 행위입니다. 이건 엄연한 범죄입니다. 탈세가 많이 일어나면 어떻게 될까요? 세금을 내지 않는 부도덕한 사람들 때문에 성실하게 납세의 의무를 다하고 있는 사람들이 피해를 보게 됩니다. 그래서 정부는 이러한 사태를 막기 위해 다양한 노력을 기울이고 있습니다. 대표적으로 정부는 영수증 주고받기를 권장하고 있습니다. 거래가 이루어질 때마다 가게 주인이 영수증을 발급하고 손님이 그 영수증을 꼼꼼하게 챙긴다면, 가게의 소득도 전부 포착되고 손님이 낸 부가 가치세도 빠짐없이 정부에 납부되니 성실한 납세자가 피해를 보는 일이 줄어들 겁니다. 그러므로 물건을 살 때에는 꼭 영수증을 챙겨야겠죠?

한편 국세청에서는 탈세를 막기 위해 '시민 탈세 감시단'도 운영하고 있습니다. 이는 사회 전반에 걸쳐 암암리에 이루어지는 탈세 행위를 감시하기 위해 시민의 힘을 활용한 방법입니다. 탈세와 관련된 비리가 줄줄이 제보된다고 하니 시민들의 힘이 상당해 보이네요.

— 《10대를 위한 재미있는 경제 특강》(2015)

작가 소개

조준현···

부산대학교 경제학과를 나와 같은 대학에서 경제학 박사 학위를 받았다. 보통 사람들이 경제학에 더 쉽게 다가가게 하고자 현실 문제와 경제사상, 경제 이론을 아우르는 교양서를 꾸준히 내 왔으며 현재 여러 신문과 잡지 등에 경제에 관한 글을 연재하고 있다.

쓴 책으로는《고전으로 읽는 자본주의》《사람은 왜 대충 합리적인가》《중산층이라는 착각》《승자의 음모》《서프라이즈 경제학》《누구나 말하지만 아무도 모르는 자본주의》 등 다수가 있다.

지혜가 담긴 음식, 발효 식품

진소영

오랫동안 실온에 두어도 상하지 않는 음식이 있습니다. 된장, 간장, 젓갈, 김치가 대표적인 음식이지요. 이러한 음식들은 오랜 기간 보관이 가능한 것은 물론이고, 시간이 지나면서 오히려 맛과 영양가가 높아집니다. 이것이 바로 발효의 힘입니다.

좋은 세균의 활약

발효

발효란 곰팡이, 효모, 세균 같은 미생물이 자신의 효소를 이용해 탄수화물, 단백질 등을 분해하는 과정을 말합니다. 젖산균이나 효모, 곰팡이 등의 효소는 촉매• 역할을 하는 단백질입니다. 우유나 콩

• 【원주】 촉매 자신은 변하지 않으면서 다른 물질의 화학 반응 속도를 빠르게 하거나 늦추는 물질임.

은 발효를 거치면서 독특한 향과 영양 성분이 생기고, 오랫동안 저장할 수 있는 발효 식품으로 변하게 됩니다.

발효에 관여하는 미생물인 세균, 효모, 곰팡이의 종류는 매우 다양하고, 또 재료와 계절에 따라서도 분포가 달라서 민족과 지역에 따라 독특한 발효 식품이 존재합니다. 미생물이 유기물에 작용하여 물질의 성질을 바꾸어 놓는다는 점에서는 부패와 발효는 닮았습니다. 하지만 화학적 변화의 결과 우리가 이용하려는 물질이 만들어지면 발효라고 하고, 우리에게 해롭거나 원하지 않는 물질이 만들어지면 부패라고 하는 것입니다. 발효로 만들어진 물질은 사람이 먹을 수 있는 맛과 영양가를 지니고 있지만, 부패로 생긴 물질은 악취가 나고 식중독을 일으키기 때문에 사람이 먹을 수 없습니다.

발효 작용을 이용해서 만든 식품을 발효 식품이라고 하지요. 우리의 전통 식품인 김치와 장류(간장, 된장, 고추장)를 비롯하여 청주, 맥주, 포도주 같은 각종 술과 식초, 빵, 치즈, 요구르트는 세계인이 즐기는 발효 식품입니다. 발효 식품은 재료와 발효에 사용된 미생물의 종류에 따라 각기 독특한 맛과 특성을 지닙니다. 또 영양분도 풍부해지고 소화도 잘되며, 오래 저장할 수 있습니다. 그뿐만 아니라 병의 원인이 되는 미생물이나 유독 물질을 생성하는 생물체가 자라는 것을 억제하지요.

김치

발효 식품은 한 가지 또는 둘 이상의 미생물을 사용하여 만듭니다. 발효 식품의 대표 격인 김치는 우리나라 고유의 채소 가공식품입니다. 무, 배추, 오이 같은 채소를 소금에 절이고, 고추, 파, 마늘, 생강 등 여러 가지 양념을 넣고 버무려 만드는 식품이지요. 채소에는 사람들에게 반드시 필요한 영양분이 많이 포함되어 있으나, 오랫동안 저장하기 힘든 단점이 있습니다. 그래서 오랫동안 채소를 저장해 놓고 먹기 위해 생각해 낸 방법이 바로 김치입니다.

김치 발효의 주역은 유산균입니다. 김치는 항암 효과가 있는 것으로 알려져 있으며, 동맥 경화, 고혈압, 심장 질환 등을 예방한다고도 하지요. 요구르트보다 네 배나 많은 유산균을 함유하고 있습니다. 숙성이란 김치가 익는 과정, 즉 유산균이 포도당을 분해시켜 젖산과 이산화탄소를 발생시키는 발효 과정을 말합니다. 이 숙성 과정에서 유산균은 엄청나게 불어납니다. 잘 익은 김치에 많이 들어 있는 유산균은 대장에 사는 정상적인 미생물의 활동을 유지해서 병원균이 발붙일 수 없게 합니다. 김치 특유의 시큼한 맛은 발효되면서 만들어진 많은 양의 젖산과 유산균, 약간의 초산 때문에 생깁니다. 이 젖산과 초산은 모두 약한 산성 물질로서 유해균이 증식하는 것을 억제하는데, 젖산과 초산 덕분에 김치가 잘 썩지 않습니다.

김치가 익어 가는 것은 산화• 반응의 일종입니다. 채소를 소금에 절이면 채소가 연해지면서 사각사각 씹히는 맛도 있고 오랫동안 저장이 가능해집니다. 채소를 묽은 농도의 소금에 절이면 효소 작용과

• **【원주】산화** 철이 녹슬거나 종이가 타는 것처럼 어떤 물질이 산소와 결합하는 화학 작용. 생물의 노화도 산화의 한 종류임.

발효 작용으로 각기 아미노산과 젖산을 생산하는 숙성 현상이 일어납니다. 삼투 현상으로 수분을 빼앗아 미생물 대부분의 성장을 억제하고 유익한 발효 과정을 거치도록 도와줍니다.

소금과 다른 김치의 부재료에 농도가 진해지면 삼투 현상이 잘 일어납니다. 또 온도가 높을수록 김치가 빨리 익습니다. 그래서 여름철에는 김치가 빨리 익고 겨울철에는 밖에 내놓아도 서서히 익는 것이지요. 이때 소금의 농도도 달라지는데, 소금의 농도는 겨울보다 여름에 좀 더 진해집니다.

김치가 익어 가면서 젖산균이 많아져 젖산 발효가 일어나게 되는데, 이때 생성된 젖산과 소금의 공동 작용으로 채소의 방부 효과는 더욱 커지고 저장성이 생깁니다. 혹시 김치가 시어지는 현상을 줄이고 싶다면 작은 용기에 나눠 담아서 공기와 접하는 것을 최소화하는 것이 좋습니다. 공기와 자주 접하게 되면 공기 중의 산소와 만나 산화 반응을 일으켜 빨리 시어지게 됩니다. 또 무거운 돌로 눌러서 압력을 높이면 모양이 흐트러지는 것을 막고 산화도 적어집니다.

요즘은 김치냉장고를 많이 사용하는데, 예전에는 김장을 하면 땅속에 김장독을 묻어 두었습니다. 김장독을 땅에 묻는 이유는 땅속이 바깥보다 온도의 변화가 적기 때문입니다. 그냥 공기에 두는 것보다 땅에 묻어 두면 온도 변화도 일정하고, 또 공기와의 접촉을 줄여 산화 반응을 방지할 수 있어서 김치를 오랫동안 신선하게 유지할 수 있습니다. 그래서 땅에 묻어 놓은 김장독에서 꺼낸 김치가 냉장고에서 꺼낸 김치보다 더 맛이 있습니다.

간장, 된장, 고추장, 청국장

간장, 된장, 고추장은 우리나라 전통 음식의 간을 맞추고 맛을 내는 전통 양념들이지요. 이런 것들도 김치와 마찬가지로 발효 식품입니다. 그중에 메주를 발효시켜 얻은 간장을 양조간장이라고 합니다. 메주는 콩을 삶아 찧은 다음, 덩어리를 만들어 따뜻한 곳에 두고 발효시켜서 만듭니다. 이 메주를 소금물에 담가 다시 발효시키면 유산균의 일종인 바실러스 균이 콩에 들어 있는 단백질을 분해하면서 아미노산과 이산화탄소를 만들어 내지요. 이때 만들어진 아미노산은 영양소를 공급하고 맛을 내는 역할을 합니다. 짠맛만 있던 소금물에 이 아미노산이 녹아 들어가 맛을 더하게 되어 간장이 만들어집니다.

이렇게 간장이 만들어지고 난 후 메주를 건져 내고, 건져 낸 메주에 소금을 조금 더 넣고 섞어 으깨어 장독에 넣고 숙성시키면 바실러스 균이 계속 발효를 일으켜 된장이 됩니다. 된장은 대표적인 한국의 발효 식품으로 발효에 관여하는 미생물인 세균, 효모, 곰팡이의 종류가 매우 다양하고 재료와 계절에 따라서도 분포가 다양하게 나타납니다. 유해균이나 담배의 발암 물질, 독소를 제거하기도 하고, 해독, 해열에 사용되어 독벌레나 벌에 물리거나 쏘여 생기는 독을 풀어 줍니다. 또 불이나 뜨거운 물에 덴 데 바르면 효과가 있습니다.

된장은 누룩곰팡이에 의해 발효가 되는데, 섭씨 37도에서 누룩곰팡이의 발육이 가장 잘됩니다. 된장국이나 된장찌개는 살짝 끓여서 먹는 것이 가장 좋습니다. 그렇지 않으면 된장의 이로운 성분이 높은 열에 파괴되기 때문입니다.

청국장은 된장과 비슷하지만 끓였을 때 좀 더 고약한 냄새가 납니다. 된장을 만드는 데는 여섯 달 이상이 걸리지만, 청국장은 2~3일 정도면 만들어서 먹을 수 있습니다. 청국장 1그램 속에는 유산균이 10억 개 이상 들어 있습니다. 그리고 청국장에는 트립신, 아밀라아제 등 여러 효소가 포함되어 있고, 청국 균(고초균)에 의해 만들어지는 비타민 B_2도 많이 포함되어 있습니다. 청국장은 콩을 삶아서 볏짚에 붙어 있는 고초균이라 부르는 간상균 분해 효소를 이용해서 만드는데, 발효 과정 중에 고초균이 생산하는 효소 때문에 고약한 맛과 냄새를 내고, 원료인 대두의 당질과 단백질에서 유래한 끈적끈적한 물질이 만들어집니다.

요구르트

요구르트는 서양의 대표적인 발효 식품입니다. 산이 많아 맛이 시큼하면서도 상큼하지요. 우유를 주원료로 만드는데, 장의 활동을 도와 소화가 잘되게 도와줍니다. 요구르트는 원래 터키의 아나톨리아와 발칸반도 주변의 동유럽 여러 나라에서 오래전부터 먹어 왔습니다. 그러다가 러시아의 세균학자 메치니코프가 '발칸 지방에 장수하는 사람이 많은 것은 요구르트 때문'이라고 주장하면서 유럽은 물론 세계 여러 나라에 널리 퍼졌습니다.

우리가 먹는 요구르트 대부분은 우유를 젖산 발효시켜서 만듭니다. 간단하게 말하면 요구르트는 유산균을 우유에 풍덩 빠뜨려 따뜻한 곳에 두어 만드는 것입니다. 유산균은 젖당을 분해하여 젖산을 만드는 세균을 모두 일컫는 말인데, 그중 가장 중요한 세균은 공 모양을 한 테르무스와 막대 모양을 한 불가리쿠스입니다. 불가리쿠스는 우유를 산성화시켜 젖당을 젖산으로 변화시키고, 이렇게 만들어진 젖산은 우유 속의 단백질인 카세인을 응고시킵니다. 그래서 우유가 순두부처럼 엉기게 됩니다. 또 유산균의 독특한 냄새는 테르모필루스가 따뜻한 곳에서 급격하게 번식하면서 내는 것입니다.

치즈와 요구르트

치즈는 지금까지 알려진 종류만 2,000가지나 되고, 세계적으로 만들어지고 있는 것만도 500가지나 됩니다. 아시아에서 유럽으로 전파된 치즈는 그리스와 로마 시대를 거치면서 제조법이 완성되었습니다.

로마 제국이 쇠락하고 주변 민족의 침입과 페스트 등 전염병이 퍼지면서 유럽이 암흑기에 접어든 뒤로 치즈의 제조 기술도 점차 쇠퇴했습니다. 이 시기에 중세 각지의 수도원들은 치즈의 제조 기술을 보전, 발전시키고 이를 농민들에게 전수했습니다. 르네상스 시대 이후 생우유, 즉 가공하지 않은 우유의 위생 문제에 대해 불안을 느낀 사람들이 치즈 먹기를 꺼렸지만, 19세기 파스퇴르의 저온 살균법과 냉장고가 등장하면서 치즈는 다시 인기 식품이 되었습니다.

우리나라에서는 광복 후 서양식 음식 문화가 소개되면서 수입된 치즈가 퍼지기 시작하여, 1975년부터 국내에서도 생산하기에 이르

렀습니다. 국민 소득이 늘어나고 식생활이 점차 서구화되면서 국내 치즈의 소비량은 빠른 속도로 증가하고 있습니다. 우리에게 가장 많이 알려진 것은 발효 치즈입니다. 발효 치즈는 우유를 자연적으로 숙성시켜 만들기도 하고, 유산균이나 곰팡이를 넣어 발효시켜 만들기도 합니다.

락토바실러스 카제이는 치즈에 가장 많이 들어 있는 유산균입니다. 이 균으로 우유를 발효시킨 것이 바로 요구르트라고 불리는 발효유입니다. 치즈의 발효균과 요구르트 발효균이 똑같은 것이지요.

_《맛있는 과학 44: 음식 속의 과학》(2012)

작가 소개

진소영···

단국대학교에서 응용물리학을 전공했다. 과학 관련 학원에서 과학, 물리, 화학을 가르쳤으며 천재교육에서 '올백' 시리즈 과학 문제집을 집필했다.

지은 책으로 《맛있는 과학 4: 에너지》《맛있는 과학 5: 로봇》 등이 있다.

콘텐츠의 미래는 상상력에 있다

제이슨 머코스키 지음, 김유미 번역

나는 현악 연주를 이해하지 못한다. 아무리 훌륭한 연주도 내게는 고양이의 털을 뽑을 때 고양이가 아프다고 내는 소리처럼 들린다. 그러나 이론적으로는 정말 훌륭한 현악 연주자가 있다는 것을 안다. 나는 이런 음악을 감상하지는 못하지만 이해는 할 수 있다.

어떤 것은 단순히 취향의 문제다. 고수 잎, 초밥, 쿠바산 시가, 크라우트록*, 거미. 이 목록에는 분명히 당신이 혐오스러워하는 항목이 들어 있을 것이다. 그리고 당신이 이해하는 항목도 있을 것이다. 이런 것에 대한 당신의 취향은 부분적으로 학습된 것이다. 예를 들면 초밥에 대한 우리의 취향은 개발된 것이다. 초밥은 사실 날 생선이다. 그러나 거미는 미국에서 고급 요리에 들어가지 않는다.

• 【원주】 크라우트록(Krautrock) 1970년대의 독일의 실험적인 록 음악의 장르.

문화는 변한다. 그리고 외국을 여행해 본 사람이라면 누구나 각 나라의 문화가 매우 다르다는 것을 알 수 있다. 그러나 어떤 문화는 세계 공통적인 것도 있다. 예를 들면 우리는 모두 스토리텔링 감각을 가지고 있다. 호머의 그리스어 구전 문화나 나바호족• 이야기, 조너선 스위프트나 찰스 디킨스나 현대 작가들의 이야기를 보면, 대부분이 사람을 다룬 것임을 알게 된다. 이것은 놀라운 일이 아니다. 우리는 다른 사람에 대해 많은 관심을 가지고 있다. 그것은 유인원인 우리 종족의 유산의 일부분이다. 그것은 우리 몸속 깊숙이 박혀 있다. 뇌는 사람들에 대해 관심을 갖고 매력을 발견해 내고 그들이 없을 때에도 어둠 속 유령의 불빛처럼 그들을 볼 수 있도록 프로그래밍되어 있다.

변상증pareidolia에 대해 생각해 보자. 이것은 무슨 병명처럼 들리지만, 아무도 없는데 얼굴을 보는 것처럼 착각하는 현상이다. 이것은 아주 흔하게 볼 수 있는 증상이다. 우리는 곰의 얼굴이나 판다의 얼굴이나 물고기의 얼굴을 보는 것이 아니라 사람들의 얼굴을 본다. 우리는 숲속에서도 구름 속에서도 사람의 얼굴을 본다. 남부 뉴멕시코에는 토르띠아 성지가 있다. 토르띠아를 열심히 쳐다보면 예수의 얼굴을 볼 수 있다. 우리에게는 얼굴을 닮은 사물을 볼 때 발사되는 총이 있다. 이 총이 가끔씩 불발해서 변상증이 일어난다. 얼굴을 찾는 것은 우리에게 분명히 중요한 일이다. 그것은 우리에게 생물학적으로 프로그래밍되어 있기 때문이다.

• 【원주】 나바호족 가장 큰 북미 인디언 부족.

이야기에 대한 우리의 감각은 선천적인 것이다. 좋은 이야기는 우리가 관심 있는 것을 다루는 이야기이다. 소설은 사람의 모습을 분명하게 그려 내고 낙타털 외투와 빨간 수염으로 그 사람을 치장할 때 성공한다. 그림이 너무 추상적이면 우리는 관심을 갖지 않는다. 요리책에 초콜릿 소스를 뿌린 패스트리 사진이나 윤기가 흐르는 등심 스테이크의 사진이 없다면 우리는 침을 흘리지 않을 것이다.

상세함과 구체성은 책을 가장 성공적으로 만든다. 사뮈엘 베케트의 추상적인 소설을 즐기는 독자는 한정되어 있다. 우리는 상세한 것을 원한다. 상세한 것은 우리에게 반향을 불러일으킨다. 아니면 상세한 것이 우리 상상력에 반향을 불러일으킨다고 하는 것이 맞을지도 모른다.

상상력은 해부학 책에서 볼 수 없다. 하버드 대학교 어디에도 상상력을 찾기 위해 토끼를 해부하는 뇌 실험실은 없다. 그것은 겸자[•]로 제거되거나 스티로폼 해부 트레이에 핀으로 고정될 수 없다. 〈네이처〉 잡지나 아카이브arxiv 같은 온라인 사이트에 상상력에 관한 논문을 포스팅하는 괴짜 과학자는 없다. 상상력은 서커스 쇼에서 흔히 보는 에테르 병 속 머리가 두 개인 기형적인 뱀처럼 병에 담길 수 없다. 상상력은 그것을 묘사하려는 나의 시도에 저항한다. 이것이 내가 상상력이 어떠하지 않다고밖에 말할 수 없는 이유다.

그러나 우리 모두에게는 이러한 상상력이 있다. 우리가 상상력을 지닌 이유에 대한 한 가지 이론은 진화 심리학에 기초를 둔 것이다.

• **겸자** 날이 서지 않는 가위 모양으로 생긴 외과 수술 기구.

이 이론은 인류의 조상이 아프리카의 사바나에서 어떻게 삶을 경험했을까 하는 것을 토대로 한 설명이다. 진화를 믿는다면 이 이론은 상상력을 포식자와 먹이를 인식하는 것의 확장으로 설명할 수 있다.

사바나에서 당신은 사자나 호랑이를 경계해야 한다. 어둠 속에서 가지가 부러지는 소리를 들으면 당신은 호랑이가 다가오는 것을 상상하고 거기에 따라 반응할 것이다. 사냥꾼은 먹이를 잡기 위해서 먹잇감의 머릿속에 들어가야 한다. 당신은 영양처럼 생각해야 한다. 당신은 영양 속으로 들어가야 한다. 영양이 어떻게 반응할 것인지, 어떤 바위를 뛰어넘을 것인지, 어떤 나무 뒤에 숨을 것인지 상상해야 한다.

이런 의미에서 사냥에는 스토리텔링이 필요하다. 그리고 상상은 우리의 존재, 먹는 능력과 먹히는 것에 대한 두려움과 연결되어 있기 때문에 대뇌와 연결되어 진화되었을 것이다.

이 능력이 어떻게 적용되었건 우리 자신을 좋은 책 안에 집어넣는 데 이용할 수 있다. 2학년 때 선생님은 당신이 책을 이해하는 능력을 개발하도록 도움을 주었겠지만, 그러한 능력은 당신 안에 항상 내재하는 선천적인 능력이다. 당신은 어렸을 때 책을 읽는 동안 처음으로 상상력을 발견했을 것이다. 아마도 그것은 용과 싸우는 마법사에 대한 판타지거나, 하늘을 날아다니는 성경 속 영웅들에 대한 이야기였을 것이다.

상상력은 우리 인간 조건의 일부분이다. 우리는 패턴을 찾고 그것을 자신에게 적용한다. 우리는 책을 읽고 작가가 제공한 상세한 것들을 자신의 삶의 상황에서 나온 것들과 이어 붙인다. 빨간 수염을 가진 남자의 얼굴은 누구인가? 당신의 머리는 상상력에서 나온 세부 사항으로 그 간격을 메꾼다. 당신은 빨간 수염 뒤에서 늙은 교수님의 얼굴을 본다. 작가는 글을 쓸 때 모든 세부 사항을 쓰지 않아도 된다. 그는 그러한 것들을 메꾸기 위해 독자인 당신에게 의존한다. 얽혀 있는 나무들 사이에서 때때로 얼굴을 보는 것처럼 당신은 자신의 상상력으로 세부적인 것들을 이어 붙인다.

이러한 능력은 선천적인 것이지만 훈련에 의해 개발될 수 있다. 우리는 《딕 앤드 제인Dick and Jane》을 읽다가 곧바로 베케트의 《고도를 기다리며Wating for Godot》를 읽지 않는다. 비판적인 사고력이 발전하고 뉘앙스와 모호성을 찾아내는 방법을 배우면서 우리는 점차적으로 성숙한 독서가가 된다. 우리는 점점 더 복잡한 세부 사항과 이분법적으로 묘사되지 않은 등장인물들을 갈망하게 된다. 우리는 때때로 신조어를 열망하게 된다.

우리는 실제로 경험이 가져오는 완전함을 갈망한다. 작가의 글 속에서 완전함을 얻을 수 없을 때 우리는 자신의 경험을 거기에 이어 붙인다. 소설을 읽을 때 당신은 자신의 삶의 세부 사항을 이용해서 작가가 놓친 간격을 메꾼다. 당신은 자신의 관점과 지식에서 가져온 조각으로 작가의 이야기를 보충한다.

독서는 당신에게 많은 것을 요구한다. 사실 모든 독자에게 요구한다. 기존 독자들은 독서 습관을 포기하지 않지만 슬프게도 독서율은 감소하고 있다. 한번 독자는 영원한 독자다. 그러나 독서 습관을 개발하는 사람들은 점점 줄어든다. 어린아이가 충분한 상상력을 기를 때까지는 상당한 시간이 걸린다. 피드백 효과가 나타나려면 시간이 필요하다. 매년 책을 사는 새로운 독자가 줄어든다. 이것은 인구 변화의 문제와도 관련이 있다. 인구가 증가하려면 사망률보다 출생률이 높아야 한다. 이러한 감소 추세가 중단되지 않으면 독서율도 감소할 수밖에 없다.

나는 길거리 임시 연단에 수만 번이라도 올라가 독서의 중요성을 강조할 수 있다. 그러나 그런 방법은 별로 도움이 되지 않을 것이다. 레버 버튼•과 저스틴 비버••와 가면을 쓴 멕시코 레슬링 선수와 함께 아이들에게 독서에 대해 가르치는 TV쇼를 진행할 수도 있을 것이다. 그러나 그것만으로도 충분하지 않을 것이다.

나는 전국에서 문맹률이 가장 높고 애팔래치아에서 가장 가난한 지역에 《딕 앤드 제인》 책 100만 부를 공수할 수 있을 것이다. 그러나 그것도 도움이 되지 않을 것이다. 디지털 미디어의 맹습으로 독서는 시들어 버린 예술의 형태로 전락하고 볼룸 댄스나 애팔래치아의 피들 음악처럼 방치될 것이다.

이런 의미에서 우리는 독서의 미래가 불행한 결론을 맞게 될 거라고 예상할 수 있다. 영화와 TV쇼가 이미 우리가 상상해야 할 상세한 부분을 지겹도록 제공하는데 독서가 어떻게 경쟁 상대가 될 수 있겠는가? 우리는 〈스타워즈〉를 보면서 마스크 뒤의 다스 베이더가 어떻

• 【원주】 레버 버튼(Revar Burton) 영화 감독.
•• 【원주】 저스틴 비버(Justin Bieber) 캐나다 출신의 싱어송 라이터. 배우.

게 생겼는지 상상할 필요가 없다. 화면에서 충격적인 악당의 모습을 그대로 볼 수 있다.

비디오 게임도 독서가 요구하는 것을 우리에게 요구하지 않는다. 애니메이터들은 컴퓨터로 만든 얼굴과 전문적으로 녹음된 목소리를 제공한다. 머리를 쥐어짤 필요 없이 쉽게 영화나 TV쇼나 비디오 게임을 경험할 수 있다. 그러나 그 자체가 큰 약점이다. 상상력을 근육에 비유한다면 상상력은 사용하지 않으면 점점 약화되고 위축될 것이다.

어떤 의미에서 이것은 철학의 문제다. 상상력은 중요한가? 만일 당신에게 미리 상상한 미디어 경험이 중요하다면, 전자책은 TV, 영화, 비디오 게임의 맹공에 대항해서 경쟁할 수 없다.

많은 전자책이 아직 대부분 텍스트이고, 영화와 독서를 혼합하려는 몇몇 실험은 마치 범고래와 짝을 짓는 호랑이처럼 흉물스럽다. 이런 실험은 흥미로울지는 모르지만 책의 미래는 이런 방향에 놓여 있지 않다.

책의 미래는 상상력으로 돌아가야 한다. 좀비가 밀치고 들어올 때, 사랑하는 주인공이 칼에 찔릴 때, 독자의 가슴을 떨리게 하고, 맥박이 빨라지게 하고, 땀을 흘리게 하는 독자와 작가 사이의 울림으로 돌아가야 한다. 영화와 TV와 비디오 게임은 생산비와 특수 효과 면에서 평범한 책과 비교 상대가 되지 않는다. 그러나 어떤 영화도 아직 당신을 그 세계로 들어가게 하지 못했다. 독자는 책 속에 거주한다. 그들은 프로도가 사는 호빗 굴에 들어가서 웅크리고 그와 함께 차를 마신다. 역설적으로 당신이 비디오 게임이나 영화를 '읽는' 유일한 방법은 그것에 참여하지 않는 것이다.

나는 지금 비행기를 타고 시애틀로 가고 있다. 다리를 뻗기 위해 통로를 걸어 나올 때 나는 많은 킨들을 본다. 여행용 가방보다 킨들이 더 많은 것 같다. 킨들과 아이패드는 많지만 책의 숫자는 훨씬 적다. 이 비행기 안에는 노트북과 비디오 게임 콘솔이 훨씬 더 많다. 게임을 하거나 영화를 보는 사람들이 더 많다. 책은 2대 1로 열세다.

내 자리로 돌아오자 옆에 있는 아이가 비디오 게임을 하고 있다. 그 아이는 등을 구부린 채 화면 위의 전자에 반응하며 깜빡이는 점에 몰입하고 있다. 그것은 자극과 반응의 관계다. 나는 이런 느낌이 어떤 것인지 잘 안다. 나는 비디오 게임을 모르지 않는다. 게임에 몰두할 때 정신을 다 빼앗긴다는 것을 안다.

그러나 게임을 끄고 난 후에 당신은 다음 단계를 생각하고 전략을 짤 수 있다. 당신이 정말 게임을 '읽는' 것은 그때다. 마찬가지로 열렬한 영화의 '독자들'은 영화를 본 후에 그 영화에 대해 생각하고, 자신이 영화의 주인공이 된 것을 상상하거나 영화의 뉘앙스를 읽기 위해 책이나 디렉터스 컷• DVD를 사는 팬들이다.

나는 이러한 '읽기'에 대한 재정의가 책의 미래에 대한 좋은 징조라고 생각한다. 그러나 그것은 사고의 전환을 의미한다. 그것은 어떠한 미디어 경험도 책처럼 '읽을' 수 있고, 콘텐츠를 적극적인 상상

• 【원주】 **디렉터스 컷** 연출을 맡은 감독이 극장 상영용 편집본을 자신의 의도와 방향에 맞춰서 재편집한 버전.

력으로 '읽는' 한, 책을 다른 형태의 미디어를 넘어서는 특별한 것으로 대우할 수 없다는 것을 의미한다. 철학적인 의미에서 상상력이 중요하다고 생각하기 때문이다. 인간은 상상력 없이 살 수 없는 존재라고 생각한다.

아마존, 애플, 구글에서 내가 아는 대부분의 성공한 사람들은 가장 창의적이고 상상력이 풍부한 사람들이다. 이들은 경험을 '읽는' 사람들이다. 그들은 어젯밤 TV에 무슨 프로가 나왔는가에 대해 이야기만 하는 것이 아니라 그 TV쇼의 세계에 자신을 옮겨 놓을 수 있는 사람들이다. 그들은 〈배틀스타 갤럭티카〉에 나오는 사일런이 된다는 것이 어떤 기분일지 궁금해하는 사람들이다. 그들은 미디어 경험을 '읽고' 그것을 자신의 삶에 적용하는 사람들이다. 미디어의 내용을 삶의 경험에 이어 붙이는 사람들이다.

나는 어떠한 미디어로도 그러한 독서를 할 수 있다고 생각한다. 반드시 〈시민 케인Citizen Kane〉• 같은 영화가 아니어도 된다. 당신이 그것에 반향을 일으키고 상상력을 가지고 읽는다면 어떤 영화든지 상관없다. 책은 이러한 읽기를 요구하기 때문에 종이책이든 디지털이든 적어도 상상하는 독서를 즐기는 소수의 사람들에게는 오랫동안 지속되는 경험이다.

그러한 사람들에게 책은 읽힐 것을 요구한다. 그리고 당신의 집중을 요구한다. 책은 다른 미디어만큼 시각적이고 청각적인 요소가 풍부하지 않기 때문에 역설적으로 세부 사항을 이어 붙이려는 우리의

• 【원주】 시민 케인 1941년 미국에서 제작된 흑백 영화.

욕구를 자극한다. 따라서 우리의 상상력을 더 강하게 작동시킨다. 그것은 훌륭한 피드백 효과다. 많이 읽을수록 우리는 더 많이 읽게 되고, 감각을 자극하고 상상력을 빼앗는 오락에 흥미를 느끼지 못한다. 한번 책에 낚인 독자는 독서 습관을 포기할 수 없다.

상상력이 개입될 때 즐길 수 있는 깊은 울림에 익숙한 독자들은 책에 낚인 사람들이다. 상상력은 궁극적으로 선천적인 것이기 때문에 사람들이 더 많은 책을 읽게 하기 위해서 종이책이나 전자책에 기술적인 묘책을 첨가할 수 없다. 책은 그런 방법으로 효과를 볼 수 없다. 책을 읽건 영화를 '읽건' 독서는 개인적인 자유 의지, 주의, 마음 챙김의 행위다. 독서는 내면에서 나온다. 그것은 에너지를 필요로 한다. 그러나 그것은 또한 매우 큰 보상을 돌려주는 일이다. 독서는 적어도 당신이 읽기에 주의를 집중하는 한 계속 받는 선물이다.

— 《무엇으로 읽을 것인가》(2014)

작가 소개

제이슨 머코스키 • • •

아마존의 전자책 단말기 킨들의 개발 책임자이자 아마존 최초의 기술 전도사였다. 또한 오늘날 전자책에 사용되는 여러 기술을 고안해 낸 엔지니어이다. 프로그램 매니저로 일하면서 킨들 소프트웨어를 개발했고, 랩126과 함께 킨들 하드웨어 개발에 참여했다. MIT에서 물리학과 이론수학을 공부했고 모토로라에서 최초의 전자 상거래 시스템을 개발했다. 이후 약 20년 동안 텔레커뮤니케이션과 e 커머스 분야에서 미국의 유명 온라인 판매 업체들과 일했다. 디지털 기술의 개척자로서 이미 1990년대에 최초의 온라인 전자책을 집필하고 출판했다. 난해한 수학책부터 1930년대 SF소설까지 다양한 주제의 책을 게걸스럽게 읽는 책벌레이며 킨들, 누크, 아이패드, 낡은 잡지 등 모든 형태의 책을 사랑한다. 시애틀과 실리콘밸리를 오가며 일하는 미래 혁신가이지만 서핑, 요가, 명상, 오지 탐험, 트레일 러닝을 즐기는 아웃도어 마니아이기도 하다.

역자 소개

김유미 · · ·

어릴 적부터 책 읽기와 글쓰기를 좋아했다. 외국어에 관심이 많아 서강대학교에서 영어영문학과 독어독문학을 공부했다. 책과 관련된 일을 하고 싶어서 출판사에서 일하기도 했다. 글밥아카데미에서 번역을 공부했고 바른번역을 통해 전문 번역가로 일하고 있다. 문학, 심리학, 종교, 철학 등에 관심이 많으며 독서의 변화상과 책의 미래에 특히 관심이 많다.

옮긴 책으로 《위대한 몽상가》《프로작 네이션》《행복한 라디오》《오만과 편견》《지식애》 등이 있다.

효과적인 듣기의 방법

전영우

자기가 옳다는 주장만 내세울 뿐, 상대방 이야기는 전혀 들으려 하지 않는다. 들을 줄 모르고 말할 줄만 아는 것, 이것이 곧 싸움을 일으키는 도화선이 된다.

자기 말만 내세우면 벌써 그것은 대화의 궤도를 이탈한 상태이다. 대화를 한다 하고 일방적 독백으로 이야기를 끝내는 장면이 우리 생활 장면에 얼마나 많은가.

대화의 유형을 나누어 보면 기실 나무의 잔가지만큼 많을 것이나 줄기만 간추려 보면 대개 셋으로 구분할 수 있다.

첫째가 대화를 가장한 독백이고, 둘째가 기계적 대화요, 셋째가 진실을 바탕에 깐 사랑의 대화이다. 참된 대화는 셋째 유형인데 이것이 그리 흔치 않으니 참된 대화가 어렵고 참된 대화를 듣기가 힘들다.

그러나 상대방 이야기를 진정 열심히 듣겠다는 성의를 갖고 대화에 임하면, 그만큼 대화의 이상형에 가까이 접근해 갈 수 있지 않은가. 그러면 효과적으로 남의 이야기를 잘 듣는 노력이 전제돼야 우리는 참된 대화를 나누게 될 것이다.

정신 집중

효과적 청법으로 고려해야 할 사항이 무엇인가. 그것은 무엇보다 먼저 상대방 이야기에 정신을 집중하는 일이다. 남의 이야기를 건성으로 듣기 시늉만 하는 것이 아니고 상대방 처지가 되어 진지한 자세로 듣는 노력을 기울이는 것이다.

그쪽 이야기에 의식을 집중한다. 인간이 동일 대상에 대해 동일 정도로 의식을 집중하는 것이 불과 3초에서 24초라 한다. 그렇다면 우리 의식은 예측할 수 없는 방향으로 부단히 흘러가고 있는 것이다. 즉, 한 초점에 계속 머물지 않는 것이다.

이 생각 저 생각하며 남의 이야기를 듣는다. 좀처럼 남 이야기에 정성을 들여 귀 기울이기 어렵다. 그러므로 정신 집중의 효과적 청법이, 이치는 그럴듯하나 실천이 매우 어려울 수밖에 없다. 그러나 어려운 것을 실천하는 데 효과와 보람이 있지 않은가.

하기야 요령부득•의 장황한 이야기쯤 되면 정신 집중이 가당치 않다. 시간이 아까운 때가 많다. 이 경우 다만 상대방이 상식선에서 최소한의 에티켓을 지키는 경우로 한정한다.

• **요령부득** 말이나 글 따위에서 가장 긴요한 부분이나 줄거리를 찾아낼 수 없음.

아이 콘택트

대화에서 '아이 콘택트'는 이야기 듣는 쪽의 반응이다. 물론 말하는 이 역시 동일하게 시선 배분이 중요한 의미를 갖는다. 피차 상대방을 겸허한 눈빛으로 바라보며 대화에 임하는 자세가 그때마다 아쉽다. 말하는 동안 누구나 신명나게 이야기에 열중, 상대방을 응시하게 되나, 한편 듣는 쪽 입장은 정신 집중 자체가 힘든 형편에 상대방 표정을 지켜보기란 일층• 힘드는 일이다.

효과적 청법을 설명하는 과정에서 이 항목이 빠질 수 없다. 상대방을 바라보고 있다는 사실 하나가 무엇인가 경청해 보겠다는 무언의 의사 표시가 되기 때문이다. 정신을 집중하면서 상대방을 바라보는 일이 효과적임은 더 부연할 필요가 없다. 시선 방향이 상대를 떠나면 안 된다.

적절한 질문

다음에 고려할 사항이 질문이다. 대화에서 질문은 상대방 의중을 정확히 파악하고자 하는 노력이고, 사실을 사실대로 확인 포착하려는 겸허한 자세이다. 달리 표현하면 질문은 청자로서의 적극적 경청법이요, 또 한편 상대방 화자를 성실히 이해하고자 하는 일련의 노력이다. 대화에서 듣는 입장에 설 때 질문을 적절히 구사할 수 있다면 그동안 가지고 있던 오해, 곡해, 왜곡이 안개 걷히듯 사라지고, 발전된 이해의 터전에서 허심탄회한 대화가 가능해질 것이다.

• **일층** 일정한 정도에서 한 단계 더.

모르는 것을 묻는 것, 불분명한 사실을 캐 보는 것, 상대방 의도와 신념 그리고 입장, 계획 등을 정확히 알아보려는 것이 모두 질문이다. 때로 우리는 상세히 질문하는 대신, 추측과 억측 또는 풍문으로 사리를 따지려 하여 곤혹을 당할 경우가 많을 뿐 아니라, 감정과 도전과 흥분의 도가니에 빠져 헤어나지 못하는 경우가 왕왕 있다. 상대를 아는 길은 오직 질문밖에 없으므로 질문을 잘 활용, 적극 경청하는 자세를 취하는 것이 무엇보다 바람직하다.

응대 말의 반응

질문 말고 경청법의 또 하나는 응대 말이다. 남성에 비해 여성은 비교적 대화에서 응대 말을 적절히 잘 구사한다. 응대 말은 상대방 이야기에 반응하는 한 가지 방편이다. 듣는 쪽 반응에 여러 가지 표정을 빼놓을 수 없으나 표정보다 더 적극적인 것이 응대 말이다.

대개의 경우 응대 말은 부정적이기보다 긍정적이고, 반대적이기보다 동조적인 때가 많다. 따라서 말하는 쪽에서 보면 무반응의 대화자를 상대하기보다 응대 말의 적절한 반응을 보이는 상대가 훨씬 호의어리게 느껴진다. 응대 말 자체가 질문과 함께 적극 경청의 수단이 된다. 남의 이야기를 듣고 고개를 끄덕이든가 혹은 밝은 미소를 지어 보이면 말하는 화자는 그의 이야기에 활력을 불어넣게 된다. 더욱이 응대 말이 표정과 함께 어우러지면 말하는 화자는 그의 이야기에 열을 올리고 신명 나게 말할 것이다.

대화는 상대적이어서 겸허한 화자는 겸허한 청자를, 반대로 독선적인 화자는 독선적인 청자를 만든다. 대화는 말하기, 듣기를 알맞게 교환할 때 분위기를 고조시키고 성과를 올린다. 피차 상대방이 나보다 더 많이 말하게 배려할 때, 인간적인 교류가 가능해진다. 이는 대화에서 요구되는 최소한의 예의이다.

공감된 사실의 확인

효과적 청법에서 논의되는 넷째 사항은 확인이다. 두 사람이 어떤 문제에 완전 의사 일치를 보았든 아니면 의사 불일치를 보았든 공감된 사실을 확인해야 한다. 대화는 커뮤니케이션의 한 형태이므로 대화가 상호 일방적 의사 교환으로 끝나는 것이라 보기 쉬우나 대화에서 일반적으로 기대되는 것이 공감이다.

어떻게 하면 피차 공감대를 넓혀 나가는가가 꾸준히 공동 노력으로 추구돼야 한다. 상호 의사 교환에서 약간의 의견 일치일망정 이것을 크게 확대해 나갈 필요가 있다. 사실상 커뮤니케이션의 어원을 따지면 공동 소유란 뜻을 내포하고 있음을 알게 된다. 폭넓고 깊이 있는 공감대 형성을 위해 쌍방은 감정 이입을 효과적으로 기도해야 하며, 인내와 끈기를 갖고 상대방 이해에 절대적 노력을 경주•해야 한다.

지금껏 효과적 청법을 서술했으나 효과적 청법이 효과적 화법에 선행하는 것이라 가정하면 훌륭한 청자가 곧 훌륭한 화자임을 쉽게 수긍하게 될 것이다. 진정한 인간 교류, 진정한 대화를 바란다면 모

• **경주** 힘이나 정신을 기울임.

름지기 우리는 효과적 청법을 이해하고 이를 즉각 실천에 옮겨야 할 것이다.

_《느낌이 좋은 대화 방법》(2003)

작가 소개

전영우 •••

서울대학교 사범대학 국어교육과를 졸업하고, 성균관대학교 대학원 석사 과정 및 중앙대학교 대학원 박사 과정을 졸업한 문학 박사이다. 경기고등학교 교사와 KBS 아나운서 실장을 거쳐 수원대학교 인문대학 학장을 지냈다.

《아리스토텔레스의 레토릭》《니코마코스 윤리학》《연설가에 대하여》 등을 번역했고, 《바른 예절 좋은 화법》《화법에 대하여》《표준 한국어 발음 사전》 외 많은 책을 썼다.

"일상생활에서부터 정치, 사회, 경제, 역사, 예술, 과학, 언어 등
모든 것이 수필의 소재가 될 수 있습니다.
다양한 수필을 읽는다는 것은 세상을 바라보는
더 넓은 시야를 가질 수 있게 되는 방법이 되기도 합니다."

_'추천의 글' 중에서

작품 출처와 수록 교과서

| 1부 감성을 돋우는 글 |

작품명	저자	출처	수록 교과서
나는 책만 보는 바보	안소영	《책만 보는 바보》(보림, 2013)	동아 2-2
노래를 만들고 부르는 사람	윤덕원	국립어린이청소년도서관 누리집	창비 2-2
따뜻한 조약돌	이미애	《TV동화 행복한 세상 1》(샘터, 2002)	지학사 2-2
맛있는 책, 일생의 보약	성석제	국립어린이청소년도서관 누리집	천재(노) 2-1 천재(박) 2-1
무소유	법정	《무소유》(범우사, 2010)	교학사 2-1
물건들	부희령	〈한국일보〉(2017.02.13.)	금성 2-2
보잘것없는 나무들이 아름다운 이유	우종영	《나는 나무처럼 살고 싶다》(걷는나무, 2012)	비상 2-1
뷔페들 다녀오십니까	이기호	《독고다이》(랜덤하우스코리아, 2008)	금성 2-1
실수	나희덕	《괜찮아, 네가 있으니까》(마음의숲, 2009)	동아 2-2
아끼다가 똥 될지라도	최은숙	《미안, 네가 천사인 줄 몰랐어》(산티, 2006)	비상 2-2
열보다 큰 아홉	이문구	《끝장이 없는 책》(랜덤하우스, 2005)	지학사 2-1
우리는 읽는다, 왜?	권용선	《읽는다는 것》(너머학교, 2010)	비상 2-1 교학사 2-1
지렁이 울음소리를 들을 수 있는 세상	김선우	《부상당한 천사에게》(한겨레출판, 2016)	창비 2-1

| 2부 이성을 자극하는 글 |

작품명	저자	출처	수록 교과서
개 기르지 맙시다	서민	〈경향신문〉(2010.08.03)	천재(박) 2-1
글쓰기는 재능의 문제일까요?	김주환	《청소년 거침없이 글쓰기: 전략》(우리학교, 2016)	창비 2-2
느림의 가치를 재발견하자	김종덕	〈농민신문〉(2010.12.06)	동아 2-2
문을 밀까, 두드릴까	임병식	《수필쓰기 핵심》(해드림출판사, 2019)	교학사 2-1
사람에게 가장 위험한 동물	이정모	〈한국일보〉(2016.06.28)	금성 2-2
삼국 삼색의 식탁 도우미	김경은	《한·중·일 밥상문화》(이가서, 2013)	천재(박) 2-2
서로 돕는 사회	최재천	《최재천의 인간과 동물》(궁리, 2007)	교학사 2-2
우리나라 최고의 어업 전진 기지	전국사회과교과연구회	《독도를 부탁해》(서해문집, 2012)	미래엔 2-2
인쇄 중에도 문장 고쳐 쓴 발자크	고두현	〈한국경제〉(2017.09.01)	지학사 2-1
정보화 시대, 한글의 가능성	최경봉 외	《한글에 대해 알아야 할 모든 것》(책과함께, 2008)	지학사 2-2 창비 2-2
정전기가 겨울로 간 까닭은?	김정훈	《맛있고 간편한 과학 도시락》(은행나무, 2009)	천재(박) 2-2
중학생인 나도 세금을 내고 있다고?	조준현	《10대를 위한 재미있는 경제 특강》(움직이는서재, 2015)	동아 2-1 금성 2-2 지학사 2-2
지혜가 담긴 음식, 발효 식품	진소영	《맛있는 과학 44: 음식 속의 과학》(주니어김영사, 2012)	비상 2-1
콘텐츠의 미래는 상상력에 있다	제이슨 머코스키	《무엇으로 읽을 것인가》(흐름출판, 2014)	금성 2-2
효과적인 듣기의 방법	전영우	《느낌이 좋은 대화 방법》(집문당, 2003)	천재(박) 2-1

스푼북 청소년 문학

국어 교과서 여행 중2 수필

초판 1쇄 발행 2020년 3월 16일
초판 5쇄 발행 2022년 3월 02일

한송이 엮음
ISBN 979-11-90267-48-9 43810

 이 도서의 국립중앙도서관 출판예정도서목록(CIP)은 서지정보유통지원시스템 홈페이지(http://seoji.nl.go.kr)와 국가자료종합목록 구축시스템(http://kolis-net.nl.go.kr)에서 이용하실 수 있습니다.
(CIP제어번호 : CIP2020009562)
* 책값은 뒤표지에 있습니다.
* 잘못 만들어진 책은 구입하신 곳에서 바꾸어 드립니다.

발행처 주식회사 스푼북 | 발행인 박상희 | 출판신고 2016년 11월 15일 제2017-000267호
제조국 대한민국 | 주소 (03993) 서울시 마포구 월드컵북로6길 88-7 ky21빌딩 2층
전화 02-6357-0050(편집) 02-6357-0051(마케팅)
팩스 02-6357-0052 | 전자우편 book@spoonbook.co.kr